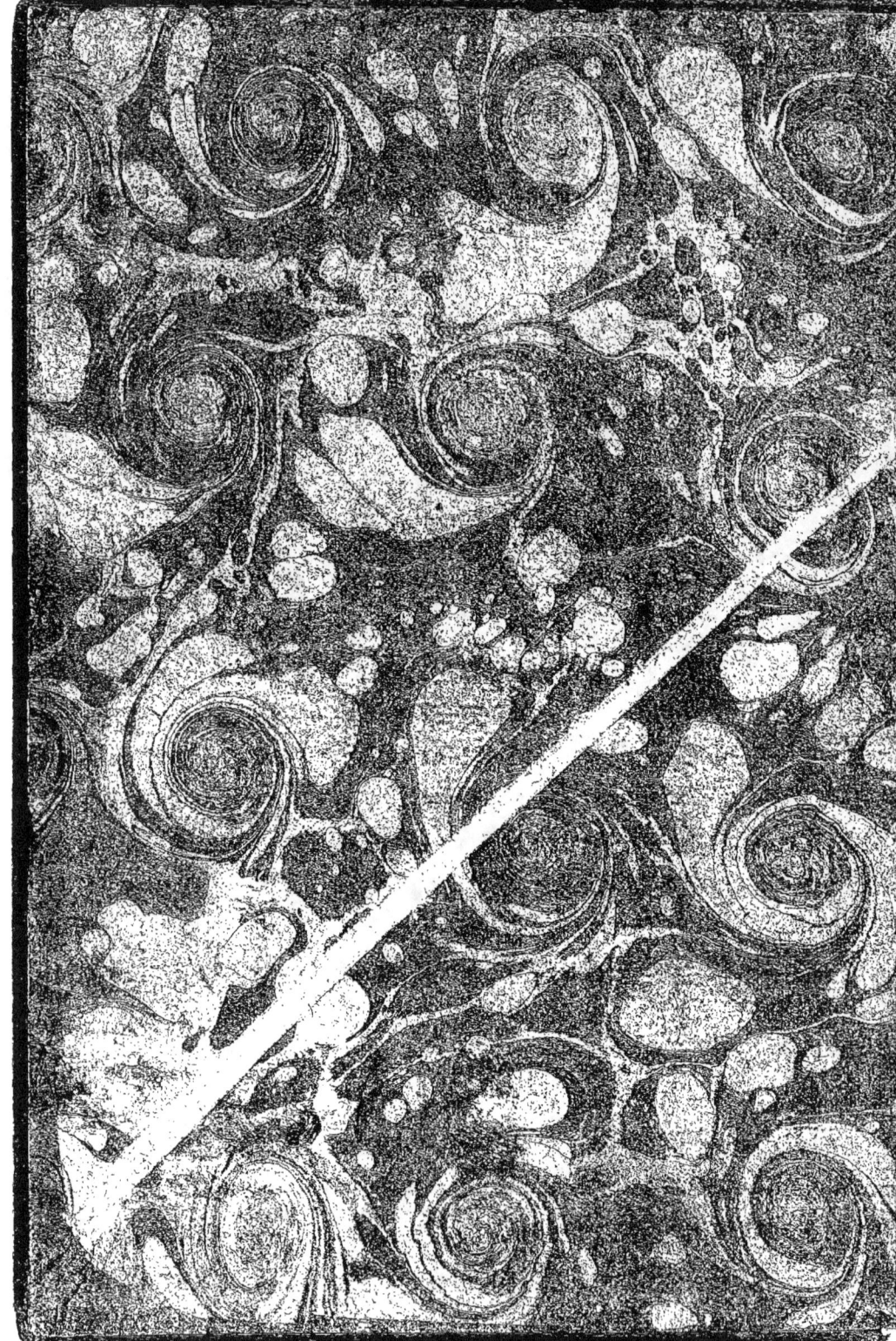

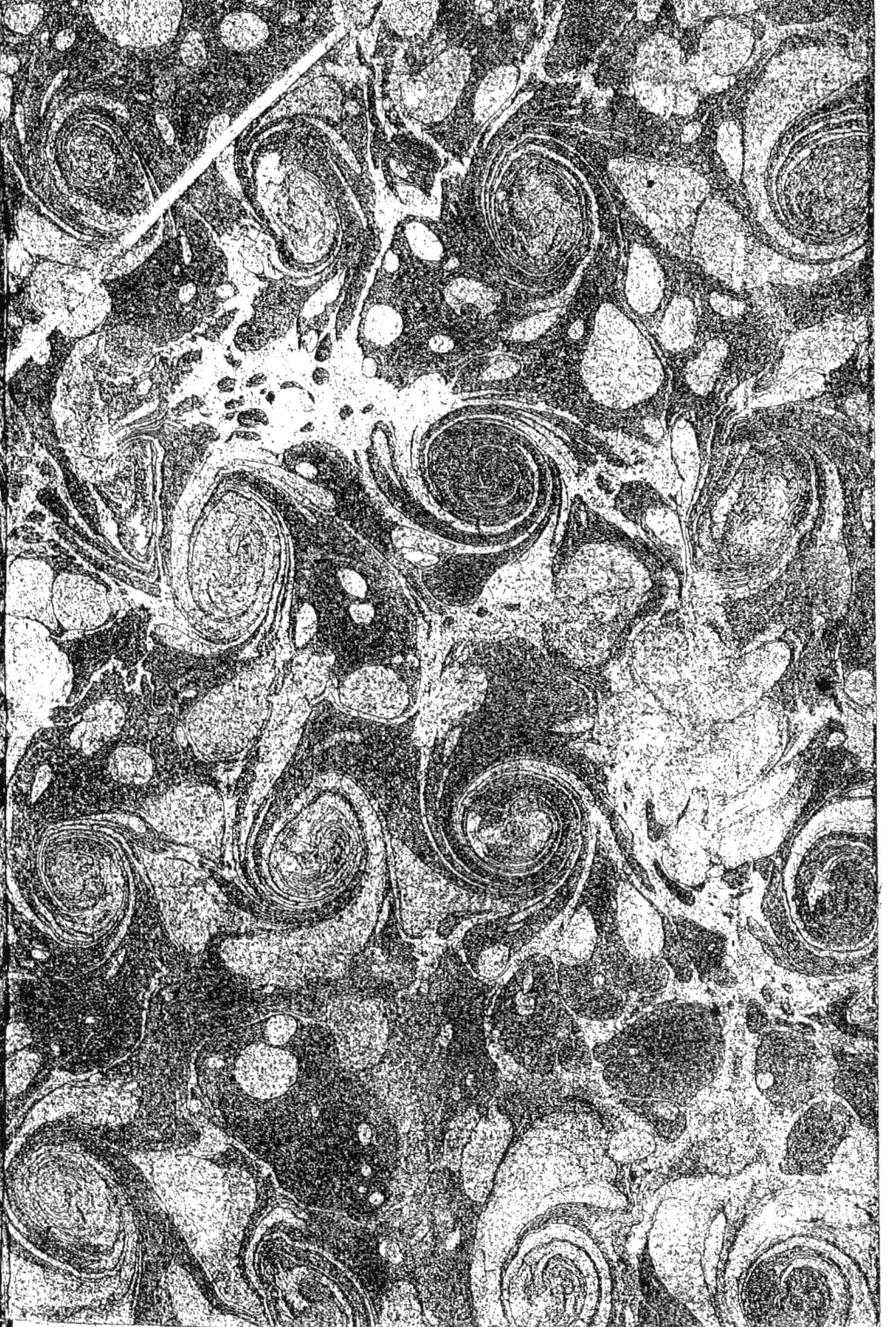

Iehan du pre

Les lunettes des princes cõposees
p noble homme Jehã meschinot
Escuier en son viuant grant maistre
dhostel de la Royne de France

Principes persecuti sunt me gratis

Apres beau temps vient la pluye et tempeste
Plaiges pleurs souspirs. Viennent apres grant feste
Car de partir de plaisance fort griefue
Apres este proffitable et honneste
Juer hydeux froidure nous appreste
Se nous auons liesse elle est bien briefue
Apres temps coy le bien grant Vent se lieue
Guerres debatz Viennent apres la trieue
Apres sante Vient mal en corps et teste
Quant luy descend tantost lautre seslieue
Poures sommes se dieu ne nous relieue
Car a tout mal nostre nature est preste

Boyre mengier et dormir nous conuient
Noz iours passent iamais Vng nen reuient
Nostre douly est tout confit en amer
Contre Vng plaisir ou Vng seul bien qui Vient
Le plus eureux cent fois triste deuient
Ce nest pas sens le monde trop amer
Et qui son cueur y mect fait a blasmer
Perilleux est a la terre et la mer
Mais a bien peu a present en souuient
Il paist le corps et pour lame affamer
Bien le debuons pour ennemy clamer
Car qui le sert a double mort paruient

Du temps passe peu nous esiopssons
Et du present en dangier ioypssons
Las au futur auons petit esgard
Tant que pouons a la mort fuyssons
Jeux et esbaz Voulentiers ouyssons
Mais a lame nauons iamais regard

Ne auy meschiefz venans dont dieu nous gard
Au corps seruir employons tout nostre art
Trop cherement laymons a nourrissons
Si nous souuient de dieu cest sur le tard
Point nauisons nostre piteux depart
Et côme apres en terre pourrissons

O Miserable a tresdolente vie
Qui en nul temps ne peut estre assouuye
De biens mondains dont nauons que lusage
Car quant aulcun de nous meurt ou desuye
Prenous quil ayt louenge desseruie
Et bien grandes richesses dauantage
Il laisse tout quant ce vient au passage
Riens nemporte: pource nest il pas sage
Qui en dieu na sa pensee raute
Sans luy sommes de mort le vray ymage
Et lennemy de tout humain lignage
Par chascun iour en enfer nous conuie

O Ens aueugles.gens sourds .mutz.isesibles
Gens sãs amour a nousmesmes nuysibles
Qui ne tendons fors a dannacion
Gens orguilleux plusque lyons terribles
Aa tant noz faictz dannables sont visibles
A ceulx qui ont ymaginacion
Douloureuse meschante nacion
Qui sommes plains dabhominacion
Et de toutes corruptious passibles
Peu demourons en dominacion
Et quant se vient lexaminacion
La mort nous rend trespuans et horribles

Ceſt aſſez mal pour yſſir hozs du ſens
Car iappercoy clerement voy et ſens
Tous les pluſgrans les moyens et menuz
Que chaſcun iour: voyre a milliers et cens
Mozt tire a ſoy violentement:ſans
En auoir eu oncques pitie de nulz
Veu que meſmes au monde venons nudz
Et que trop peu y ſommes retenuz
Huy nous voyans preſens:demain abſens
Et ſi nen eſt gueres de deuenuz
Juſques au temps deſtre vielz et chenuz
Aceſtuy cas pas bien ie ne maſſens

Se ma langue den parler trop ſauance
Pardonnez moy pour dieu ma nõſauance
Car deſplaiſir me contrainct de le faire
Par la treſgrieſue et dure apperceuance
De ceſte mozt qui pas dhuy ne commence
A nature ſuffoquer et deffaire
Las nous voyons que ceſt tout ſon affaire
De deſtruyre ce que iamais refaire
Ne peut nulluy pour aulcune ſauance
Quil ayt de dieu:lequel peut tout parfaire
Dont ie ne puis ſe toyeulx contrefaire
Conſiderant tant piteuſe greuance

Et ſil eſtoit a quelcun homme aduis
Que follement ie feiſſe telz deuis
Et que nape de me plaindze bon dzoit
Je luy ſupply quil vienne vis a vis
Il congnoiſtra que ie fauldzoye enuys
De luy reſpondze a ce cas et endzoit

a iii

A mon aduis ainfi quapartendroit
Laufe pourquoy ma raifon fouftiendroit
Que mil hommes aultreffois ay Seu Sifz
Sains:gente.topeuly:ieunes:et quorendroit
Pour nulle rien Sng deulz nen reuifdroit
Las celle mort fait trop piteux connis

A guerre auons mortalite famine
Le froit le chault le iour la nupt nous mine
Quoy que facons toufiours noftre temps court
Pulces:cyrons: et tant daultre Sermine
Nous guerroient: brief mifere domine
Noz mefchans corps:dont le Siure eft trefcourt
Sng grant mondain ou bien homme de court
Remply dorgueil fur Sng beau cheual court
Qui a ieuneffe et dor toute Sne mine
Dyroit tatoft que mort na fur lup court
Croy que fi a et que bien toft accourt
Dont trompe eft fi fon cas nexamine

Dauantage fortune nous court feure
Dot maiteffois le peuple en Sain labeure
Car ce quilz ont agrant peine affemble
Par treflong temps:fe pert en bien peu dheure
Et tant fouuent que riens ne leur demeure
Soit en auoir en argent ou en ble
Iz perdent lun lautre leur eft emble
Aulcuneffois a plufieurs a femble
Que dieu leur nu yft et point ne les fequeure
Les Snges de froit ont mainteffois tremble
Aultres par fain ont les mors reffemble
Doyant cecy ay ie tort fe ie pleure

Es grans pillent leurs moyens et plus bas
Les moyés fōt aux maindres maints cabas
Et les petis sentre veulent destruyre
Telz qui nont pas vaillant deux meschans bas
Doyt on souuent auoir mille debas
Aulcunesfois se naurer et occire
Ainsi par lun lautre souuent mal tire
Et deulx mesmes se procurent martyre
Jl fust assez daultres plus beaulx esbas
O dieu qui es nostre vray pere et sire
Nostre faict va huy mal et demain pire
Quant de telle affliction nous bas

Ant daultres cas nous procurent ennuyz
Et la moytie de nostre temps en nuytz
Est employe: dont ie meurs ou bien pres
En y pensant ie me tourmēte et nuys
Pour en yssir ne treuue porte ne huys
Dng seul plaisir mest plus chier que cypres
Et quant ie voy et considere apres
Que celle mort nous poursuyt de si pres
Pensez lennuy et le mal ou ie suys
Je voys pleurant par chemins boys et pres
Et me conuient dire par motz expres
Jay beau pleurer aultre chose ny puis

Dant bien au fait dalixandre ie pense
Si grant seigneur et de telle despense
Qui du monde fut gouuerneur vnique
Cest a bon droit se ma ioye suspense
Non mestier est que ie pense et despense
Charge de dueil comme homme fantastique

O roy dauid prophete pacifique
Sanson le fort qui tant feuz autentique
Nauez vous sceu faire a mort recompense
O salomon saige dict en publique
Puis que la mort contre telz gens sapplique
Que vauldroit il en demander dispense

Et en nous iours ce prince de sagesse
Le bon duciehan nompareil en largesse
Ne le print mort par son cruel oultrage
Certes si fist:dont amere destresse
A longuement este nostre maistresse
Lauoir perdu nous fut haultain dommaige
Fier fut aux fiers:aux bons doulx en couraige
Prudent en faictz et bengnin en langaige
Autant valoit que vng seelle sa promesse
Oncques ne fist vng deshonneste ouuraige
Des benoistz cieulx luy doint dieu lheritaige
Car en son temps pere estoit de noblesse

Ainsi vng iour noz meschiefs aduisoye
Et a parmoy en y pensant visoye
Que tous tirent a ce piteux trespas
Es croniques anciennes lisoye
Par lesquelles maintz hommes deuisoye
Haultz et puissans qui ont passe le pas
Et nousmesmes trop plustost que le pas
Alons apres de ce ne doubtons pas
Pourquoy mon cueur de douleur rauisoye
Et luy donnay vng tant piteux repas
Que ie perdy de raison le compas
Tant que ne sceu que ie fis ou disoye

En ce penser et oultre tout cecy
Pour augmenter mon douloureux soucy
Continuant le dolent desconfort
Qui durement mauoit le cueur noircy
Dint vne voix qui me dist tout ainsi
Mort de nouueau a fait bien grant effort
Le duc francops et conte de montfort
Et richemont qui tant fut bel et fort
Est decede dieu le prenne a mercy
Mais ie croy bien que le scauez au fort
Pource vous pry dauoir bon reconfort
Aultres que vous y ont perdu aussi

Des plus dolens dessoubz la lune lun
De ce grant cas qui est a tous commun
Que celle mort nostre bon maistre a prins
Le iour ie vy nobles clers et commun
Tant fort pleurer quil sembla que chascun
Neust oncquesmais aultre mestier aprins
Si fu de dueil tellement entreprins
Que mon ennuy ne peut estre comprins
Las ce me fut vng trespiteux desiun
Mort tu as mis grant chose a petit pris
En ieunesse as nostre prince sourprins
Mais tes faictz sont de nespargner aulcun

O Mort combien ta memoire est amere
A ceulx qui ont bonne fortune a mere
Diuans en paix q nompas iustement
O trescruelle soudaineq sans lumiere
Tu nas en mal seconde ne premiere
On ne te peut descripre bonnemēt

Plus a en toy de douleur et tourment
Que comprendre ne peut entendement
Soit de platon de Virgile ou omere
Dame et de corps tu fais separement
Trop subit est ton faulx aduenement
Ce stz motz sont Vrays:nonpas dictz de commere.

As or na il fors huit ans domine
Apres que mort auoit extermine
Le bon duc iehan dont iay fait mencion
Duquel fut filz tant bien morigine
Que tout son cas au long examine
Doit posseder dhonneur la mansion
En armes mist corps et entencion
A gens vaillans gages et pension
Donna si grans par sens illumine
Que des anglois la grant contencion
Rauala Bas.ainsi que ostension
Fait son proces sil est bien fulmine.

EN son temps fut de Bretaigne le chief
Mort tu las prins et mys ses iours a chief
Dont ie mauldy toy et tes piteux faictz
De toy Viennent douleurs ennuys meschief
Larmes:souspirs.tordre mains.tirer chief
Cest tout le bien quoncques tu feis et faitz
Deu quau ssi tost les loyaux et parfaitz
Que les mauluais:prens destruitz et deffais
Et nen peut Vng reuenir de rechief
Se tappelle tes ouurages infaictz
Il me semble que point ne me forfais
Car nostre temps maines a fin trop brief

Tant a de maulx doncques ou tu arriues
Tant sont aussi tes manieres cheſtiues
Tant il eſt fol qui fort ne te redoubte
Tant de grans gens de leur vie tu priues
Tant on congnoiſt ton faict ſans que leſcripues
Tant en ya qui en toy ne voyent goute
Tant ſendorment qui la doyuent leſcoute
Tant ſont aſſeurs en grant dangier et doubte
Tant ont de maulx tous ceulx que tu eſtriues
Tant de meſchiefs a venir par toy doubte
Tant en mon cueur dure penſee boute
Tant que nay plus nulles plaiſances viues

Car nous voyons que nobleſſe et auoir
Jeuneſſe force ou riens quoy puiſſe auoir
Beaulte amys et tout ce quoy peut dire
Que preferer les aultres en ſcauoir
Ou pour honneurs du monde recepuoir
Homme ne peut a la mort contredire
Riens ne nous vault deſpiter ne mauldire
Soyons ioyeulx ou nous deſpitons dyre
Car il nous fault acquiter ce debuoir
Il neſt celluy qui le puiſſe deſdire
Mais la cauſe qui le me fait redire
Ceſt pour les cueurs dy penſer eſmouuoir

Se triſte ſuys et mon cueur ſappareille
A grant douleur iay perte nompareille
De ce bon duc qui tant de biens faiſoit
Mais tout ainſi que doulent corps traueille
Et que dennuy moult ſouuent ſe reueille
Vng ſoir mauint que plus ne me chaloit

De Vie ou mort mon sens se ravaloit
Mes yeulx plouroient.mon esprit se douloit
Lors dieu qui tous desconfortez conseille
M'informa bien que pas il n e Vouloit
Me faire moins damytie quil souloit
Si me trouvay rappaise a merueille

POur ce prince qui ieune deceda
Comme tay dict Vint et luy succeda
Ung sien frere qui grandement Valut
Pierre nõme et tant bien proceda
Qua son peuple franchise conceda
Et le nourrir treschierement Voulut
De ma pitie doulcement luy chalut
A le seruir me choysit et esleut
Et de ses biens largement me ceda
La mort depuis aussi le nous tollut
Repos es cieulx ayt son ame et salut
Son droit regne sept ans point ne xceda

APres ces deux princes derrains nõmez
Qui en Valeur furent tant renommez
Ung ancien leur oncle tresnotable
Leur succeda quant mort les eut sommez
Et de son dard meurtriz et assommez
Artus eut nom de france connestable
Saige:Vaillant:Vertueux.et estable
Aux ennemys cruel et redoubtable
Or ont este ses iours Brief consommez
En quinze moys cest cas espouentable
Ha quest cecy fortune tresmutable
Tant de maulx fais:questre ne peuent sommez

Qui pourroit Veoir tant de mutacions
Sans en faire grans lamentacions
Pas nay Vertu pour porter telle charge
Se riens Valoient argumentations
Dont nous Viennent telz supplantacions
Veu que le monde est tant grant et si large
Que na prins mort les gens de maindre marge
En les couurant dessoubz sa noire sarge
Nompas noz ducs et confortacions
Quelle a passez en sa dolente barge
Contre son traict ne Vault escu ne targe
En douleur sont ses delectacions

Par ceste mort ie sens guerre mortelle
Mort telle fut desoncques tresrebelle
Belle nest pas gente ne aduenante
Venante acoup et Voulentiers se cele
Celle fait tant que tout hault bien chancelle
Encelle est donc dommageuse et meschante
Chante qui Veult elle est tousiours dolente
Lente a tout bien et en dueil excellente
Cellente aussi doyr male nouuelle
Elle est de tous haults meschiefs contenante
Tenante en soy tristesse permanante
Manante en pleurs et douleur eternelle

Ha mort par toy si tresgrant douleur maine
Et par regret qui ainsi me demaine
Que ie ne scay quelle part me doy rendre
Penser me tient: foiblesse me pourmaine
Souuenir me ard: desplaisir me ramaine
Peine et soucy me Veulent le cueur fendre

Courroux ma fait par angoisse deffendre
Ne mestoyr ne a liesse entendre
Langueur me veult auoir en soy demaine
Fureur massault.qui me pourra deffendre
Et desespoir vient chez moy logis prendre
Qui trop de gens auecques luy amaine

Ce mest force que daise me deporte
Car ie la sens desia pres de la porte
Et vient logier dedens ma fantasie
Je mesmerueille comme sur pieds me porte
Et que la mort tout acoup ne memporte
Qui long temps a ma prins en sa choysie
Riens ne me plaist esbat ne courtoysie
Je veille en pleurs ie dors en frenasie
Il nest chose qui ma douleur supporte
Pire est mon mal que nest paralisie
Ma ieunesse est de tout bien dessaysie
Et me desplaist du bien quon me rapporte.

Quant desespoir et ses gens deuant dicts
Qui me sembloient des milliers plus de dix
Furent venuz au pluspres de ma place
Effraye fu en maintien faictz et dictz
Oncques homme ne fut tant estourdis
Le cueur men fault et ma vertu sefface
Ha desespoir male mort te desface
Je nay mestier que douleur contreface
Assez men vient par ces hostes mauldicts
Lors me gettay contre terre la face
Et dis ainsi or ne scay que ie face
Desconfit suys et plus ny contredicts

LE fourrier vint qui trouua tout ouuert
Ne scay sil fut vestu de noir ou vert
Car regarder ne loserent mes yeulx
Tantost apres tout lost fut descouuert
Et se vindrent loger soubz le couuert
Mais desespoir nentra pas auec eulx
A ma vie ie ne vy gens autieulx
Fourrage ont tantost tous les hostieulx
Et si ney ay vng seul bien recouuert
Je croy que dieu ne mist onc soubz les cieulx
Tant ordz paillardz ne si malgracieux
Celluy gaigne certes moult qui les pert.

SI dys adonc desespoir mauluais hoste
Esloingne toy et aussi tes gens oste
Qui desia mont si grandement pille
Que ma vertu est demouree froste
Riens nont laisse sus ne ius ne decoste
Oncques ne fu en ce point habille
Mon sentement ont lie et bille
Et puis apres lont par les yeulx cille
Tant quil ny voyt nulle chose a sa poste
Et si ne scay comme il soit dessille
Ainsi mont ilz de tous biens epille
Et pour disner mont mys rage en composte

DE raison nay pas tāt comme vne mouche
Ma vertu est semblant la vieille souche
Qui a fini de son temps tout le terme
Jay sceu parler .or ay mute la bouche
Jeu beau regard qui est deuenu louche
Foible me sens qui fu aultresfois ferme

Je fu ioyeulx:oz ap ie a loeil la lerme
Inceſſamment qui ma douleur conferme
Aon honneur eſt conuerty en reprouche
Plus nay ſante ie ſups du tout enferme
Ainſi me va du temps ie vous afferme
Dont plus ne quier fozs que la mozt me touche

SE ieuſſe eſte hermite en vng hault roc
Ou mendiant de quelque ozdze o vng froc
Jeuſſe eſcheue gzant tribulacion
Vng laboureur qui a charrue et ſoc
Fourche et raſteau ſerpe faucille et bzoc
En ſon oeuure pzent conſolacion
Aais moy tant plain de deſolacion
Aeſchant naſqui ſoubz conſtellation
Dinfoztune qui ne vaulp tant ſoit poc
Et ay veſcu du vent de elacion
Remplp dozgueil et cauilacion
Sups mieulp pugnp que ceulp quon mect au croc

IL ne me chault de gaultier ne guillaume
Et auſſi peu du roy et ſon ropaulme
Je donne autant des rez que des tonduz
Car quant courroup me frappa ou heaulme
Tel coup ſentp de ſa cruelle paulme
Que mieulp me fuſt auoir eſte penduz
Les ieup paſſez me ſont bien chier vendus
Jauoye apzins coucher en lictz tendus
Jouer aup dez aup cartes a la paulme
Que me vault ce mes cas bien entendus
Tous mes eſbas ſont pieca deſpendus
Et me conuient repoſer ſur la chaulme

I Ay eu robes demartres et de bieure
Oyseaulx et chiens a perdriz et a lieure
Mais de mon cas cest piteuse besongne
Sen celluy temps ie fu ieune et enrieure
Seruant dames a tours a meun sur peure
Tout ce quen ay rapporte cest Vergongne
Veillesse aussi rides:toup:boutz et rongne
Et memoire quil fault que mort me pongne
Dont iay acces trop plus mauluais que fieure
Car ie congnois que tout plaisir mesiongne
Et a la fin que Verite tesmoingne
Ie me Voy nud de sens comme vne chieure

O R mest il donc tresgrandement mescheu
Qui me Vy hault et me sens si bas cheu
Que ie nay plus aulcun qui bien me Vueille
Mes maistres mors mon honneur est decheu
Et tout malheur mest en partage escheu
Il est bien temps que griefuement me dueille
Est il meschief que mon cueur ne recueille
Certes nenny. tremblant comme la fueille
Seray tousiours tant que mort mayt receu
Si luy supply quen sa maison maccueille
Et que les fruitz de mes grans ennuys cueille
Car Viure plus au monde ne mest deu

I Ay Voyage en aniou et ou perche
Comme celluy qui confort quiert et cherche
Mais iay trouue grant malheur en embusche
Lequel ma prins et signe de sa merche
Et ma donna vng si grant coup de perche
Que peu sen fault qua terre ne tresbuche   B i

Estonne suys tant que qui hault ne huche
Je noy plus riens mais sourd comme vne busche
Suys deuenu:les ennuys ou ie perche
Ne pourroyent pas en vne bien grant huche
Onc lon ne vit plus de mousches en ruche
Ne de frey ou ventre dune perche

Ie suys garny de sante langoureuse
Iay liesse penible et douloureuse
Et douly repos plain de melencolie
Je ne vy plus fors en seurte paoureuse
La clarte mest obscure et tenebreuse
Mon sentement est deuenu folie
Comble de dueil pour faire chiere lye
De tous esbas ie ne donne vne alye
Mais treuue paix grandement encombreuse
Plus ay de maulx et moins ie me humilie
Auisez donc se ma vie est iolie
Mais que la mort fust de moy amoureuse

Arbre sec suys portant dennuys verdure
Viuant en mort trouuant plaisance dure
Noyant de soif en la mer assechee
Tremblant ie sue et si ards en froidure
En dueil passe ay mal qui sans fin dure
Et ma sante dinfection tachee
En plaings et pleurs ma liesse atachee
Iay corps entier dont la chair est hachee
Et ma beaulte toute paincte en laidure
Au descouuert cest ma ioye cachee
Et en mon rys est tristesse embuschee
Que doulcement en grant ire iendure

Es biens mõdains nap vaillant vne plaq
Mais des douleurs pl⁹ de plain vne caqᷓ
Sens en mon cueur de ce point ne me moque
Ie voys aux champs sur ma petite hacque
La conuiendra qua la dague ie sacque
A celle fin que ma vie desroque
Car la cause qui a ce me prouoque
Trop cruel est·helas ie me reuoque
Dauoir ce dict par monseigueur saint iacque
Ie men repens la grace dieu inuoque
A deux genoulz ostant bonnet et tocque
Luy suppliant qua mon adresse vacque

Ha dieu par qui ie vueil mourir et viure
Ie te supply me faire brief deliure
De tant de maulx que iay a soustenir
Ie perds le sens tout ainsi comme le pure
Et ne congnois ne par cueur ne par liure
En quel facon ie me doys maintenir
Pourquoy te pry mauoir en souuenir
Daultre ne peut mon reconfort venir
A toy me rends a ta mercy me liure
Tant de meschiefs ie congnois mauenir
Que ie ne scay·que faire·ou deuenir
Car de plaisir nay plus once ne liure

V es le maistre et ie suys ta poure oeuure
Regarde moy tes yeulx de pitie oeuure
Puis que faire me daignerent tes mains
Impossible est que ma pourete cieuure
Chascun la voyt ie la monstre et descueuure
Par tous les iours et de soirs et de mains   b ii

Plaise toy donc aulcun de ses demains
Bannir le dueil en quoy toute heure mains
Car se par toy sante ie ne recueuure
Maudit me doy entre tous les humains
Et va mon faict tousiours de plus au moins
Se ta grace prochainement ny oeuure

Souuerain dieu createur eternel
Infini bien gouuerneur paternel
Haute bonte dont toute aultre procede
Vray filz nasqui du ventre virginel
Dont sesbahist lusage maternel
Mais fors a toy si digne cas ne cede
Merueille grant qui tout aultre oeuure excede
Or nest il sens que cestuy ne precede
Qui a vaincu laduersaire infernel
Tresdoulx saulueur te grace me concede
Tu nas premier ne qui apres succede
Je te requier repos sempiternel

Tantost que ieu faicte mon oraison
Il me feut mieulx et sans comparaison
Que parauant dont tresbien il maduint
Dieu menuoya visiter par raison
Bien grant mestieren estoit et saison
Car trespiteulx me trouua quant el vint
Des ennemys de mon sens plus de vingt
Me guerrioyent mais si tost quel souruint
Com tous dispers vuiderent la maison
Pourquoy mon cueur bien rappaise deuint
Et de graces lui rendre me souuint
Come a celle dont ieu des biens foison

Ode bonnement raconter ie Vous sceusse
Ne que langue suffisant a ce eusse
Pour eyprimer de raison la beaulte
Nentendement par quoy ie la conceusse
De men Vanter sans ce que Vous deceusse
Il ne mest pas possible en loyaulte
Bien ressembloit estre de royaulte
Et Vy plusieurs luy faire feaulte
Mais quoncquesmais a ma Vie apperceusse
Riens si luysant ne de tel nouueaulte
Certes ne fis: et plus Vault sa bonte
Car sans elle trop de griefs maulx receusse

OR entendez quelle fut sa Venue
Point narriua comme meschante nue
Mais richement de Vestemens aornee
Et descendit en Vne Belle nue
Par Vng doulx temps dune pluye menue
Dempuis ne Vy la pareille iournee
Tant fresche fut et si bien seiournee
Et plusque aultre richement attournee
Si luy priay destre en sa retenue
Lors enuers moy sest doulcement tournee
Comme celle qui est pour secours nee
Dame de sens: renommee: et tenue

DE ses beaulx yeulx qui sont plus q nature
Ne peut ouurer en nulle creature
Doulx et rians Vng regard me transmist
Qui me donna au cueur Vne poincture
Si tresplaisant et de tel nourriture
Que mõ soucy presque tout se desmist   b   iii

Puis a marcher droit enuers moy se mist
Comme son vueil sendura et permist
De ce me vint belle et bonne aduenture
Car tant a moy secourir se submist
Que loyaument me iura et promist
De faire brief de tous biens ouuerture

Pensez se ieu le cueur bien esiouy
Quant ces beaulx motz de la dame iouy
Car grant mestier auoye de secours
De fist il bien ce vous responge ouy
De tel plaisir oncquesmais ne iouy
Et ne se peut raconter en temps cours
Dancques raison en vo^e est mon recours
Cause pourquoy venue estes le cours
De secourir: et mauez resiouy
A vous seruir vueil employer mes tours
Ou soit es champs es villes ou es cours
Puis que mon mal sen est par vous souy

Ie mercy dieu qui tant de biens menuoye
Et vous aussi car plus ie ne scauoye
Que ie deusse faire ou dire ma dame
Des poures yeulx de larmes ie lauoye
En tel douleur quil nest nul qui la voye
Que grant pitie il nayt se point il mame
Mon sentement se gisoit soubz la lame
Ma fantasie estoit en haulte game
Car tout sennuy du monde ie lauoye
Presque destruict voyre de corps et dame
Mais la veue de vous a qui me clame
Ma presque mis de repos en la voye

Ozs elle entra en mon entendement
Qui Vuyde estoit et pille grandemēt
Par desespoir et les gens de sa suyte
Et ny trouua que disner bonnement
Si nou vng pain de soy tant seulement
Assez petit mais de bien bonne cuyte
Et touteffois elle est de tel conduyte
En grant Valeur et sagesse tant duyte
Que bien ne fault sens ne gouuernement
En quelque lieu quelle maint ou habite
Paix entretient et mect tout mal en fuyte
Corps et ame repaist suffisaument

Ou pouruoyeur fut sens lequel auoit
Diures foison ainsi comme il deuoit
Et commanda que len dressast les tables
Gouuernement qui bien seruir scauoit
Les officiers doulcement esmouuoit
Par parolles sages et profitables
Raison sassist gardant termes estables
Et auec elle plusieurs dames notables
Prouidence de trencher la seruoit
Discrecion portoit meix acceptables
Docilite en Vesseaulx delectables
Seruit de Vin es foys quelle buuoyt

Le conuy que raison ordonna
Ne demandez se foison or donna
Car ses presens sont bien daultre Valeur
De reconfort:ses biens mabondonna
Dont largement et tresgrant foison a
Et fist cesser mes ennuys et douleur   B   iiii

Puis sagement et sans nulle chaleur
Sans varier en maintien ne couleur
Bien doulcement avec moy sermonna
En beaulx termes et langage meilleur
Que les humains neurent oncques du leur
Nun tout seul mot mal a point ne sonna

Et si me dist: mon enfant or entens
Estre dolent bien souuent en son temps
Cest le propre de ta fragilite
Fortune tient tes espriz en contends
Delle ne peuz tousiours estre contens
Tous ses faictz sont variabilite
Sanuyt te tient en grande habilite
Demain te rend en basse humilite
Du pourete: a quoy iamais ne tens
Mais quant el ta ainsi debilite
Souuiengne toy dauoir virilite
Qui trop mieulx vault que mil escuz contens

Fortune fait ses presens incertains
Taincts de douleur auironnez de plaings
Plains de regretz de larmes et meschance
Mais chance y ont ioyeuse souuent maints
Ains congnoistre ses dolens faictz et vains
Vaincz la doncques par cautelle et scauance
Auance toy monstre ton excellance
Lance te fault ou nayt oultrecuydance
Dance en la main des plus petis compaings
Paings en ton cueur la vertu de constance
Tance a toy seul contre fole plaisance
Aysance nuyst aux dissoluz mondains

Fortune doys congnoistre de pieça
Car saunourdhuy tu luy Voys se pie ca
Souldainement aultre part se remue
Aulcunesfois les biens grans despieça
Et les deffaictz mist hault et rapieça
Son mouuement en peu dheure se mue
Des sages gens nest pas ferme tenue
Mais en tous cas est de fermete nue
Deloyaulte trop petite piece a
Tantost sen Va aussi tost est Venue
Son seruice est doubteuse reuenue
Et sa doulceur damertume appieça

Veulx tu doncques sembler a beste bruite
Insensible meschante et mal instruicte
Si te souruient quelque chose diuerse
Ta Valeur est trop aiseement destruicte
Et de sagesse en folie construicte
Puis que tousiours si feblement se Verse
Qua desespoir et sa ligne peruerse
Tu tes submis et tant qua la reuerse
Tauoit gette: se neusse este concsute
De te Ventr ayder a la trauerse
A toymesmes es tu partie aduerse
Car se tu chez: ce nest que de ta lucte

Ne ta pas dieu donne assez puissance
Entendement et de moy congnoissance
Qui de tous sens tiens Vniuersite
De Vertus suys sourse mere et naiscence
Car sans raison tu nas nulle aultre essence
Qui ne te mette en controuersite

Prens reconfort en ton aduersite
Mourir te fault et es a vers cite
Peu durera du monde la plaisance
Et se tu tiens ceste peruersite
Bien pourras cheoir en tel diuersite
Que des bestes porteras resemblance

Mais ie te dy et saches tout pour voir
Que tu peuz bien a tous ces cas pouruoir
Quant tu vouldras de ma raison vser
Se toymesmes ne te veulx decepuoir
Je ne puis pas bonnement conceuoir
Que fortune te scauroit abuser
Car tu la peuz approcher ou ruser
Estre son serf ou ses ieup refuser
Et chascun tour le dois apperceuoir
Contre les bons iamais ne veultrmuse
Limpatient ne se peut excuser
Quil ne la face encontre luy mouuoir

Aucunesfois vng homme se tormente
Dauoir perdu cinq soulz et sen guermente
Plusfort que tel qui pert des escuz cent
Du tout son bien: or cil qui tant lamente
Et tel douleur a son cueur en ramente
Assauoir mon se plus riche sen sent
Troy que nanny. tout bien luy est absent
Plus sen complainct et plus en mal descend
De corps et biens ne croy que ie ten mente
Mais le sage qui a dieu se consent
Et le mercye en cueur et par assent
Doyt on apres que sa richesse augmente

SE tu veulx donc fuyr celle fortune
Qui tousiours nest au foible ne fort vne
Ne oy pas tiens:les biens quelle te preste
Car suppose qua ton gre te fortune
Autant ou mieulx quaultre dessoubz la lune
Parquoy ton cueur a grant ioye sappreste
Tu doys penser que tantost elle est preste
De rauoir tout quant son vueil si arreste
Et ne luy peuz nuyre pour ta rancune
A son compte iamais riens ne luy reste
Donc qui plus fait auec elle conqueste
Ne doyt tenir pour sienne chose aucune

DElle euz ses biens a telle condicion
Nompas par don ne par vendicion
Mais seulement quelle les peut reprendre
Quant luy plaira:sans contradicion
Donc ne dois pas nommer perdicion
Ce quelle prent qui est sien sans mesprendre
Plaisir ta faict se le sceusses comprendre
De ses tauoir tant laissez:se reprendre
La veulx de ce :fay ta deduction
Que tout ne fait ainsi le te fault prendre
Aultre leczon ne peuz meilleure aprendre
Pour escheuer grant malediction

SEmblablement ceulx qui ont de nature
Prins et receu vie sens nourriture
Sont obligez a mort rendre leur corps
Et a dieu mis ceste foy de droicture
Qui commune est a toute creature
Comment veulx tu doncques ten mettere hors

Ne en auoir si douloureup teinors
Pour ton plourer ne reuiendront les mors
Et toy mesmes yras a pourriture
Pren reconfort plusque tu nas amors
Ou folie de sa bride a haultz mors
Pourra mener ton ame en auenture

Tu plains la mort de tes princes passez
Et que trop tost ont este trespassez
Mais que te vault en mener tel effroy
Pense en ton cas tu congnoistras assez
Quilz demourront la ou sont enchassez
Puis que paye ont le dolent deffroy
Les preuy sont mors hector et godefroy
Et tant dautres lancelot et geoffroy
A la grant dent qui ne sont rapassez
Ceulp qui sont vifs: pape: empereur: et roy
Vendront aussi a ce piteup destroy
Ne pleure plus tes peulp en sont lassez

Quant tu lyras le romant de la rose
Les faictz romains tules: virgile: orose
Et moult dautres anciennes histoires
Tu trouueras que mort en son enclose
A prins les grans et a leur bouche close
Desquelz encor florissent les memoires
Par leurs bienffaictz et oeuures meritoires
Qui de vertus eurent les inuentoires
En detestant toute meschante chose
Peu priserent richesses transitoires
Or ensuy donc des bons les monitoires
Et de mourir comme loyal propose

Rens toy a dieu et ton courage change
Rens luy honeur rens luy gloire et louange
Recongnois le pour ton seigneur et maistre
Car enuers toy na pas este estrange
Mais ta baille ame qui sans estre ange
Na pareille creature en son estre
Point ne ta faict sans entendement naistre
Come les bestes qui vont par les champs paistre
Ains toy venu dord lymon boe et fange
Ta faict digne dauecques luy repaistre
En paradis pour a iamais y estre
Plaing doncques peu de ce monde leschange

Daultres causes de laymer mille ya
Considere comme il se humilia
Quant il voulut se faire a toy semblable
Puis auec toy me mist et my lya
Et ton ame des enfers deslya
Qui luy cousta vng pris inestimable
Nest il donc bien licite et conuenable
Que tu peines de luy estre aggreable
Pource te pry et requier dy luy.ha
Mon createur qui tant es amiable
Pren a mercy ton seruant miserable
Lequel peche de toy desalya

Tu as ton cueur si bas mis et pose
Et entreprins conclut et propose
Dy trouuer paix sante aise et repos
Faulte de sens ta ainsi dispose
De ton plaisir souuent et depose
Propose bien dieu iuge des propos

Les mondains biens sont damer tous compos
Pren que tu ayes richesses a plains pos
Tu les gardes en dangier: et pose
Que tout Biendroit au gre de tes suppos
Pour aulcun temps saches pour tout eppos
Que brief seras a la mort impose

Assez dautres passions naturelles
Tant de lesprit comme des corporelles
Tienennt tes sens en tresgrant seruitude
Mesmes des faictz et choses temporelles
Souuentesffois as tu mal temps pour elles
Et desplaisirs en tresgrant multitude
Par peu penser en la beatitude
Des benoists cieulx: ha quelle ingratitude
Que nuses tu de tes Bertus morelles
En desprisant le monde et son estude
Tu mentens bien ou as lengin trop rude
Pource mectz y prouisions reelles

Dis que de mort aulcun homme neschappe
Mais tout rauist soubz so mantel et chappe
Et quen ses faictz na reparacion
Empereurs: roys: ducs: con tes et le pape
Tous maine a fin: nest cellup quelne Bape
Pour teyempter nas point deycepcion
A dieu seruir fay preparacion
Sainst le fais: remuneracion
Auras de luy aultrement sil te frappe
De sa fureur: crop ma narracion
Pugny seras sans moderacion
O les danez soubz tresobscure trappe

Et pour parler de ce dont tant te plainge
Des grans ennuys q doleurs dõt es plaing
Des pouretez et miseres du monde
Et quen pleurũt souuent par boys et plaine
Quant iay congneu et entendu tes plainge
Il est raison et droit que te responde
Tu as este tout ton temps tresimmonde
fier: arrogant: despiteuy: dont te fonde
Que tous les mauly desquelz tu te complainge
Sont moins que riens et que peu ten abonde
Quant au regard de loffense profonde
Que chascun iour commetz tien ten cretaine

Ha se ton cueur tant de mauly pour ire a
A ton trespas pense que pourtra
Car a faire as vne dolente yssue
Ton ame es cieuly ou en grant paour yra
Et ta charongne en terre pourtira
Plustost fauldra quelle ne fut tissue
A ce depart le fort et lent y sue
Laue toy bien et ton default essue
Car qui bonte en soy ne nourtira
Trop plus fol est que sil portoit massue
Ceste chose doit estre a chascun sceue
Et que le iuste en gloire flourtira

Considere le temps qui est passe
Dise comment tu sas bien compasse
Presentement foy bien et ty efforce
Tost et plustost tu seras trespasse
Par vng trespas dont nulle st rapasse
Or ne te fie en ta beaulte ne force

Mort mect tout ius com cheueulx a la force
Sans aucun bien en laisser aller fors ce
Que dieu seruant tu auras amasse
Ne seuffre pas que lennemy te force
Trouuer pourras secours auec confort se
Ton vouloir nest de bien faire lasse

Dieu tout puissant par son diuin gouuerne
Tous ses haults faictz tant sagemet discerne
Quon ni peut riens adiouster ne hors mettre
A son saint nom tout genouil se prosterne
Boy ie te prp du vin de sa tauerne
Et bien scauras ta folie desmettre
Pense comment il sest voulu soubz mettre
Et te submetz a luy veu que promettre
Te veust le bien qui paradis concerne
Ne vueille plus telz murmures commettre
Mais luy supply tes deffaulx te remettre
Lors verras cler sans moyen de lanterne

O Rey que tu as par cinq cens ans este
Seigneur entieren puer et este
Et que soubz toy tout le monde ayt vescu
Tes ans passez nont gueres arreste
Ton present temps est a mort apreste
Vieillesse ta desconfit et vaincu
De tes tresors la valeur dun escu
Nemporteras ne lance ne escu
Et se tu nas paradis conqueste
Mieulx te vaulsist certes nauoir onc eu
Ame:los:biens:corps:piedz:teste:ne cu
Puis quaux mauluais enfer est apreste

A Peine peulz haultes choses entendre
Pourquoy tu as lentendement trop tendre
Mais ie te veulx tenir a mon escole
Se tu te veulx a moy du tout attendre
Je te feray a si bonne fin tendre
Que changeras ta folle chaulde cole
Recours a moy comme a ton prothocole
Car celle suys qui le sens au gens cole
Et nul sans moy ne peult a bien sestendre
Note mes dictz et souuent les recole
Ne seuffre pas que folie tacole
Mieulx te seroit ten fuyr que lattendre

O R mon enfant que la main dieu te seigne
Retien donc bien tout ce que ie tenseigne
Pour nulle rien iamais ne manbondonne
De tes defaulx purge la veine et seigne
Que lennemy du tyen ne te ceigne
Qui trop de maulx aux dannez faict et donne
Dy sainctement et bien ta fin ordonne
Requier souuent a dieu quil te pardonne
Et que le faiz de tes pechez desseigne
Et se ton cueur a mal faire sadonne
Confesse toy souuent et tabandonne
A penitance et en porte lenseigne

P Our paruenir doncques a grant science
Ung liure auras qui a nom conscience
Du tu lyras choses viles τ nectes
Fuy les ordes et destruys com si en ce
Ta mort estoyt pren tout en patience
Et te repens de tes facons iennettes

Mais pour pluscler les veoir te fault lunettes
Qui discernent les blanches des brunettes
La comprendras si vraye sapience
Que de ton hault vendras a tes unettes
Et lors diras dieu qui tiers et ung estes
Je cry mercy a vostre prescience

Telles berilles iamais nas tu veu doeil
Car qui les a ne pourroit auoir dueil
Prudence est lun qui est au coste destre
Lautre iustice a nom dont ne me dueil
Les deux tousdiz auec moy tenir sueil
Qui enchassees en force doyuent estre
Temperance ne va pas a senestre
Mais est le clou du meilleu qui congnoisstre
Fait les lunettes estre tout dun accueil
Or pense donc combien il est grant maistre
Qui peut auoir telz ioyaulx en son estre
Que ie promectz te donner de bon vuel

Bien est saison que ton corps se repose
Et de te mettre a dormir une pose
Car long temps a que tu ne reposas
A bon repos doncques bien te dispose
Et tout ennuy soubz ton orillier pose
De sept heures assez pour repos as
Puis au reueil le bien que proposas
Auoir de moy quant tu te disposas
De mensuyr fauldra que ie tapose
Et louurage quoncques ne composas
Na le sauoir tes espriz ne posas
Mon sens fera que le tien se compose

Lꝰis tu verras les lunettes parfaictes
Et congnoistras ce de quoy ilz sont faictes
Scauoir: force: prudence auec iustice
Temperance dont ilz seront refaictes
Car sans elle demouroient imparfaictes
Cest le riuet et clou qui les iustice
Tu scauras tout congnoistre bien et vice
Et ne seras plus com tu es nouice
Car tes malices verras estre deffaictes
Va donc dormir et vien a mon seruice
Demain matin cest lheure plus propice
Que la memoire a moins choses infaictes

¶ Lacteur

Ces beaulx motz dictz ieu de bie tel monioye
Que tout mon mal fut conuerty en ioye
Car iay congneu mon default et feblesse
Si proposay que pour chose que ioye
Le temps venant ne quoy quauenir doye
Ne souffriray que desespoir me blesse
Mais a raison qui est de tel noblesse
Me submettray puis que de sa largesse
Et de son bien ainsi mon cueur resioye
Qui tant auoit de douleur et destresse
Quoncques ne fut la pareille tristesse
Dont eschaper iamais vif ne cuidoye

Parlez moy donc de vne dame pareille
Qui de donner tel confort sappareille
Je ne croy pas quauictny faire le sache
Cest son propre que tout ce quel conseille
Est si apoint quil nest plusgrant merueille
En son conseil na de vice vne tache   c ii

Le bien mect hault le mal estainct et cache
Les cueurs des gens en grant honneur atache
Cil qui la croyt en peche ne sommeille
Riens ne meurdrist de glaiue lance ou hache
Elle hayt le grant qui les petiz atache
Pensant ses biens luy dys bas en loreille

NOble dame raison haulte princesse
Prins cesse nas de moy donner adresse
Dresse mon cueur Vers dieu et ly maintien
Maintien mauuais ay eu en ma ieunesse
Jeu nest ce pas: car Veillesse moppresse
Oppresse grant: a mon cas la main tien
Tien estre Vueil mon grant besoing preuien
Vien promptement mon secours et mon bien
Bien me sera se tu me prens en lesse
Laisse a penser que ie suys terrien
Rien est de moy sans toy: or me soustien
Tien mon party et plus ne me delesse

CEcy mauint entre este et autonne
Vng peu auant que les Vins on entonne
Lors que tout fruict maturation prent
Luy iour faitchault lautre pleut Vente et tonne
Lair fait tel bruyt que la teste en estonne
A nous meurir cessuy temps nous aprent
Car qui des biens lors nasserre il mesprent
Pource quapres lyuer froit nous sourprent
Qui na du ble ou du Vin en sa tonne
Au long aller son deffault se reprent
Aussi en fin qui bien cecy comprent
Cil ieusnera qui na faict chose bonne

Pour au conseil de raison me submettre
Et contenter nature me vins mettre
Incontinent vers ma petite couche
Lors me cuiday de dormir entremettre
Mais la dame ne le voulut permettre
En cil endroit. car de sa doulce bouche
Me dist enfant pas ainsi ne te couche
Fay oraison a dieu que ton cueur touche
Et que de toy vueille tout mal desmettre
De ce la creu et ne mest pas reprouche
Si priay dieu que sa grace mapprouche
Com vous orrez apres en ceste lettre

¶ Oraison de lacteur

O glorieuse trinite puissace insupable: sapience
incoprehensible: souueraine maieste: ⁊ bote
imense pere et filz et sainct esprit: vng seul dieu eter
nel qui a toutes choses qui sont auez donne estre: ⁊ en
leur essence les conseruer et garder par qui et de qui
et en qui sont et procedent toutes intelligences spiri
tuelles ⁊ corporelles: a q les choses passees ⁊ aduenir
sont presentes: et deuant lesyeulx de vostre tresex/
cellente haultesse na riens secret ne absent a vous
come a pere par creacion: patron par redemption et
maistre par introduction en vraye foy esperance et
charite ie me presente

O amy des ames raisonables seul digne destre
ayme de voz creatures combien que indignes
et autre chose plusque vous amer est amertume ⁊
hayne mortelle. quelles ⁊ quates louenges grace ⁊

honneur Vo° pourray ie rendre pour condignement
suffire ala recongnoissance de Voz benefices. Que
diray ie a ce qiul Vous a pleu de Vostre amoureuse
grace me creer tant dignement a Vostre ymage et se
blance en me donnant sens raison memoire entende
ment et Voulente pour Vous cognoistre aymer ser
uir doubter et honorer q pouuez se tel eust este Vostre
plaisir me faire Beste brutte ou autre moidre et inse
sible creature. Ha tresdoulx iesus glorieux redemp
teur qui tat humblement auez Voulu des benoists
cieulx descendre au precieux Ventre Virginel pour
deuenir nostre seblable en prenat Vraye humanite
Laquelle pour moy et les autres poures pecheurs
a tat souffert de maulx opprobres peines douleurs
et ennuys que toute humaine raison deffault a les
penser: estimer conceuoir exprimer et dire
Et finablement par Vostre tresangoisseuse amere
et doulouieuse mort mauez Vertueusemet de dana
cion rachete. O souueraine bonte o ineuestiguible
lumiere. o richesse essencielle dot tout autre bie Vient
pcede et descend tat dautres auatageux dos mauez
faictz et faictes chascun iour et heure que en y pesant
mo cueur default a les nobrer mo entendement est
par insuffisance aueugle et de feblesse offusq dont
au reciter treuue ma langue mute. Que stoit ce est
ou sera de moy sans Vous. certes riens ou moins q
pourroit dire. O dieu a Vous ie me res coulpable
de tat de maulx que lorreur dy penser ma souuetes
fois Voulu oster le hardemet de pl° me oser nomer
Vre creature: mais cosiat de Voz benignite amour

clemence ⁊ doulceur: a pſent en tel hõneur reuerêce
⁊ humilite quil meſt poſſible treſdeſplaiſãt q̃ mieulz
ne le puis faire. Voꝰ cry mercy des ingratitudes of-
fenſes ⁊ loꝰedience q̃ puis le tẽps de ma naiſſêce
ay cõmis contre le plaiſir de Voſtre pardurable ſei-
gneurie:faiſant humble ſupplicaciõ a Voſtre doulce
amiable piteuſe ⁊ deꝏnaire miſericorde q̃lluy plait
ſe enoquer deuãt elle ma dãnable et criminelle cau
ſe pendãte deuant la fureur rigueur et ire de Voſtre
treſredoubtee iuſtice.et ne ſouffrir contre ma poure
ame ouurage de voz ſainctes mains eſtre dõnee la
ſentence deue ⁊ qui appartient a ma deſſerte.mais
a leꝑaltaciõ louenge et magnificence de Voſtre ſou-
ueraine maieſte me veuillez impartir vne bel e am
ple ⁊ pleniere remiſſiõ ſignee du fait ſigne de Voſtre
fructueuſe croix et ſeellee du ſeau des armes de vo
ſtre treſprecieuſe louable ⁊ glorieuſe paſſion. Amen

☞ Le ſonge

EN celluy meſme endroit mõ oraiſõ finee ſãs
aulcune diſſimulacion ou aultre occupaciõ
prendre. moy eſtãt eñ ma poure ⁊ cheſtiue habitaciõ
pour ſatiſfaire a mõ naturel appetit oppreſſe et in-
digent de repos pour les ennuyeuſes peines ⁊ dolen
tes penſees eñ quoy tout celluy iour auoye eſte : me
mis ſur mon lict las ⁊ trauaillé penſant tout mes
affaires regetter pour a repoſer entendre. mais ma
fãtaſie q̃ encores ne peut mettre en oubly les choſes
deſſuſdictes vit au deuãt ⁊ ſoppoſa a mõ entepriſe

c iiii

dont ie senty tous mes espriz alienez si me trouuay
le corps tresmat le cueur tressaillat tremblat ⁊ tout
altere:ainsi entresomeillat ⁊ esueille fut en nõpareille
malaise Apres par vne maniere dillusiõ resuerie ou
songe me fut certainement aduis que celle belle et
tresnoble dame raison dont tay cy deuant touche se
rendit a moy entre les courtines euironnee de tãt
respledissãt clarte ꝗ mes yeulx ne pouoiet souffrir a
icelle regarder ⁊ tãt notablemẽt acõpaꝫnee ꝗ possible
ne mest le racõter Lors me sembla ꝗ entre ses belles
blanches mains elle tenoit vnes lunettes telles sãs
difference ꝗ celles dõt le iour precedent elle mauoit
fait le deuis ⁊ promesse Lesꝗlles furent tãt nouuel=
lement ⁊ si doulcement composees que toutesfois ꝗ
bon luy sembloit elle les mettoit ⁊ diuisoit en quatre
parties dõt le nom dune des verrines estoit pruden
ce escripte ẽ lettre dor:et lautre nommee iustice eñ
escripture vermeille ꟁLos ou yuoire en quoy elles
estoient enchassees se nõmoit force:et le clou qui les
entretenoit ⁊ ioingnoit ensemble temperãce:iouy tex
pour confoꝛmer a lintroductiõ quelle parauãt celle
heure mauoit dõne de cest ouurage Dulltreplꝰ soubz
son bras dextre auoit vng tãt beau petit liuret a
veoir ꝑ dehoꝛs ꝗ ce me fut grant merueille A peine
pourrole dire ne penser cõbien ieu a celle heure grãt
et ardant desir entremesse de crainte disant a par=
moy et promettant a mõ insatiable appetit que
celles belles choses me seroient par celle belle dame
donnees Toutesfois cõsiderant limperfection igno

rance et petite valeur de moy estoie souuent esmue
a penser le cõtraire. Et tant ceste nupt meust ennuye
se neussent este les grans plaisir et ayse q̃ mes espritz
prindrent a ceste beaulte veoir et considerer. Tãtost
apres ceste noble dame vint iusques en la ruelle de
ma couche au pluspres de moy quelle peut et de sa
doulce basse voix amiablement me dist. Et õ enfũt
esueille tes espritz et euure le scrin et coffret de ta me
moire pour loger ce beau don et present que liberale
ment et de bõ vueil te donne ainsi que aultresfois
ie tay promis. Garde chierement ces lunettes car
par elles tu cõgnoistras les choses necessaires a ta
saluacion spirituelle profitables a ta conduyte cor
porelle et temporelle et a toy sagement traicter et gou
uerner auecq̃s les plusgrãs les moyens et maidres
de toy. Soyes souuenãt et noublie q̃ tu les dois mettre
et appliquer aux yeulx de lentendement pour lyre et
estudier au liure de la conscience. Saches aussi que
ie leur ay donne a nom les lunettes des princes nõ
pas pource que tu soyes prince ne grãt seigneur tem
porel car trop plus que bien loing es tu de tel estat
valeur ou dignite: mais leur ay principalement ce
nom impose pource que tout homme peut estre dict
prince entant q̃ la receu de dieu gouuernement dame
Et ceste pricipaulte prefere toutes aultres dautãt
quele bien spirituel et de lame qui iamais naura
fin vault mieulx que celuy q̃ en brief temps passe
et perist. Combien que entre toutes aultres persõnes

celles lunettes sont tresconuenables aux pape em̄
pereur roys ducs et autres grās seigneurs q̄ soubz
dieu ont administracioy et charge de grans pays et
peuple. Or te suffise pour le present de ce que ie tey
dy ꞇ a toy resueil regarde ꞇ lys en ce petit liuret que
pareillemēt ie te donc auquel tu trouueras en brief
aulcunes diffiniciōs des matieres dōt lesd̄ lunettes
sōt faictes ꞇ cōposees. Et p̄mier de prudence q̄l verre
cest ꞇ q̄lles choses oy voyt parmy Ap̄s de la verrine
de iustice Ap̄s de force ꞇ tēperāce chascūe en sō office
Adōc soudainement mesueillay cōme cellup qui tres
grandement desira veoir materiellement et de re
gard corpozel ce que en moy songē et fātasie mestoit
apparu: si regarday enuitō moy ꞇ ne trouuay ne vy
aulcune aultre chose estre demeuree fors tantseule
ment le petit liuret que raison me laissa soubz le che
uet de mō lict a la dextre partie: seq̄l ie prins ouuy
et seu: contenant formellement et en effect ce q̄ ap̄s
ceste hystoire ensuyt ───────●──────

Omme miserable et labile
Qui vas contrefaisant labile
Menant estat desordonne
Croy quenser est desor donne
A qui ne viura sainctemment
Du lescripture saincte ment
Pour fouyr donc a ce meschief
Au quel il naura iamais chief
Pren deprudence la conduyte
Tresbien te guidera com duyte
De rendre les humains parfaictz

En tous cas par dictz et par faictz
Elle est de tes lunettes lune
Tel berille na soubz sa lune
Puis que si fin et cler Verre as
Retien ce que parmy Verras
Premier gouste mieulx que les Vis
Et congnois le lieu dont tu Vins
Et comme en perche fuz conceu
Certes ie croy assez quonc sceu
Ne las.dy penser ne te chault
Lyuer Vient apres leste chault
Le Vin plain se rend a sa lye
Tantost est ieunesse salye
Se tu tinformes bien du cas
Je te donne mille ducas
Quant bien auras ton faict cogneu
Remembrant a ton coeur com nu
Nature sur terre tamis
Et que fors dieu nul nest amys
Soncques riens si petit prisas
Comme lestat que tu prise as

Apres Vise comme tu Vis
Presentement et se tu Vis
Riens de toy oncques plusmeschant
Pense y tu nauras iamais chant
Qui au cueur liesse te face
De larmes laueras ta face
Nes tu pas Vesseau plain dordure
Orgueilleux quant foison dor dure
De tous tes conduys horreur sort
Pour ten garder ny congnois sort

Se tu chantes dy tousiours las
Le pluschetif des corps tu las
Tu nes que dissolucion
Braye ten dy solucion
A toy nourrir quel peine y a
Deuant que sachés dire va
Les bestes sont de toy plusdignes
Quant au corps car ce que tu disnes
En ton bers tu le prens hee dieux
Sans raison de bouche ne dieulx
Des ce quun poulcin est yssu
De la coque ou il est tissu
Tout incontinent il chemine
Le grant pain ou la miche myne
Affin quil en ayt de la mye
Mais ta nature ne la mye
Vng aigneau congnoist a la voix
Sa mere: dont par ce la voiy
Que pas nest ainsi des humains
Car de nature ilz ont eu moins
Dauantages se sembleroit
Qui tous ces cas assembleroit
Combien que toute beste mue
Qui est sensible et se remue
Mesmes arbres herbes et plantes
Que tu edifies et plantes
Sont de dieu aux hommes donnees
Pour seruir et abandonnees
Mais tout nest riens quant au regard
De noz espriz se dieu les gard
Par ceulx icy viuerons sains
Apres aurons lieu o les saincts

Se nous gouuernons p raison
Eu faisant a dieu oraison
Que ne soyons constituez
D iudas com cestuy tuez
Qui de grace desespera
Pource quen dieu point nespera
℘ Je tay doncques dict et le preuue
Mesmes le peuz veoir a lespreuue
Que le faict est moins que nyant
De ton corps:ne se va nyant
Subget es a froit chault et fain
Desaillant ainsi comme sein
Le nous raconte le psalmiste
Qui fut de dieu le vaissel miste

OR venons apres a la fin
Et voy par ce voirre la fin
Si ton cueur dolent pas sera
Quant de mort le pas passera
Qui est plus quautre riens horrible
Tesbas tu bien present:or rible
Car adoncques ne ten tendra
Lorsquenuers toy ses lacqz tendra
Quant en ce monde tu nasquis
Chose tant certaine nas quis
Que la mort qui acoup vendra
Et lendurer te conuendra
Quant morte sera ta charongne
Puante:quier qui ta chair ongne
Daucune odorante liqueur
Homme ne vouldra:car sy cueur
Ne pourroit durer a sentir
Tel odeur ne si assentir

Apres au iugement yras
Crops tu quau iuge mentiras
Quil scet tout:ne ty attens point
Sa rigueur en cellui temps poingt
Plus ny aura misericorde
Dauantage misere y corde
Dur cordage pour les dannez
De la lignee dadam nez
Se bien nas a ton faict pourueu
Tien le seurement tout pour veu
La seras honteux et consus
Saches pour vray : le plus quonc sus
Triste pensif et esperdu
Pourquoys : ou tu es perdu
Gouuerne tes biens temporeulx
Car tu auras mal temps pour eulx
Pape:empereur:roy:duc:et conte
Se tu nen sceiz rendre bon compte
Aussi te souuiengne tousdis
Que des faictz vouloirs et tous dictz
Te faudra compter a ce iour
Pource nayme tant le seiour
Du brief temps que dure ce monde
Que ne faces ton ame monde
Se danne es que dieu ne vueille
Sans repos tu feras la veille
A iamais auec sennemy
Et ny chanteras la ne my
Le chant denser est bserie
Nentens pas que qui bsse rie
Qui est sans cesser en arseure
Fay lame donc par toy art seure

Se tu tes plaisances pourchasses
Au deduyt doyseaulx ou pour chasse
Il ya du temps pour esbatre
Et dautre pour pleurer et batre
Eschiue les gens deshonnestes
Et taccompaigne des honnestes
Ne supporte ta mesdisans
Deuant que soit tamais dix ans
Force sera quil leur meschee
Leur honneur ne croisse mais chee
Et de ceulx qui parlent mensonges
Donc aulcuneffois tant men songes
Quapres tu parles et racontes
En plusieurs lieux ou aura contes
Roys: ducz: a grans gens de facon
Je te pry que nous deffacon
Telles deshonnestes coustumes
Et de noz sens qua grant coust eumes
Dsons par si loyaulx accors
Que chascune ame ioincte a corps
Puisse auoir remors tellement
Quilz ne pechent mortellement
Tays toy ou dy parolles bonnes
Sans passer de raison ses bonnes
Tu ne baill'eras de lan gaige
Qui moins baille que fol langaige
Doy ce que dict en a chaton
Que plusieurs maulx en achate on
Et est la chose toute aperte
Que par trop parler maint a perte
Parle donc peu saches pourquoy
Du mieulx te vauldroit tenir coy

Apren ces beaulx motz et les tiens
Pour gouuerner toy et les tiens
Je te pry dorgueil ne tacointe
Pourtât se soy te tient a cointe
Jeune scauant de bonnes meurs
Car lors quen toy se metz tu meurs
Il nest dommage quil ne face
Ne Vertus que du tout nefface
Orgueil est prince de noz Vices
Du soyons profes ou nouices
Tout mal de luy Vient et despend
Et pource mal son temps despend
Qui tel peche nourrist et ame
Car il destruyt et corps et ame
De luy procedent iuremens
Bien souuent que tu iures mens
En blasphemant dieu et ses saincts
Donc es dentendement mal sains
Quant a tel Vice tabondonnes
Ton ame au deable a bail donnes
Regniant dieu aulcuneffois
Doubte contraire aulcun ne fois
Que nailles a dannacion
Se tu es dadam nation
℣ Pour le chemin des cieulx eslire
Par escript pouons Voir et lire
Quelle puignition deseruent
Qui de telz cas au monde seruent
Se le prince auoit faict edict
Par lequel fust conclut et dict
Que homme de iurer tant hardy
Et sur peine de la hart dy

Ne ten scaurois tu bien garder
Pour ta vie et sante garder
Et vrayement te croy bien quouy
Contre ce ne seraps ouy
Car chascun craint pugnicioy
Et dieu na riens pugny si oy
Ne la grandement desseruy
Qui de sa grace est desseruy
Se rend tantost a male fin
Et cecy ie te dy affin
Que tu vueilles ades penser
Pour tes iours en bien despenser
¶ Des blasphemeurs ne scay plus dire
Fors que souuent sont rempliz dire
Lun dict ce nest quacoustumance
Mais son orgueil lacoustume en ce
Lautre ne peut viure aultrement
Ce dit il. lun et lautre ment
Car nul bien ne vient pour iurer
Si non souuent se pariurer
Blasphemes luxure et hazart
A quoy tappliquus et as art
Te rendront a la fin si vil
Quil nest droit canon ne ciuil
Qui te sceust adiuger pardon
Se dieu ne le te fait par don
Iuremens sont donc de tel sorte
Quil fault que grant maleur en sorte
En ame corps biens ou amps
Et cil qui son cueur y a mis
Force est que penitence en face
Ou iamais ne veoir dieu en face

d   i

Or disons encore en ce point
Suy homme qui ne iurant point
Auoit chascun tour entre mains
Cent escuz de don pour le mains
Quaucun grant seigneur luy donast
Affin quil ne sabandonnast
A ce peche desordonne
Et quil eust ades or donne
Pour luy faire vng si beau desfroy
Deuroyt il plus faire desfroy
De iurer sil auoit lart gent
De paour de perdre tel argent
Et du seigneur la bonne grace
Las il seroit bien ingrat:se
Ne se vouloit du tout submettre
A luy:et ses vertus sus mettre
Pour luy faire honneur et seruice
Car ce seroit donc au serf vice
Qui ne seruiroit bien son maistre
Le temps quil pourroit sans somme estre
Du occupe pour aultre affaire
Honneste et necessaire a faire
Se tu auoys bien aprins ce
Que de paour doffenser le prince
Du pour gaigner si bonne somme
Que cent escuz tous lestours:somme
Tu deurops ne iurer iamais
Ten garder ne vouldras ia:mais
Enfer est ceque tu attends
Pourruoye y tant que tu as temps
Laissons orgueil et sa sequelle
Car peine en vendra dieu scet quelle

Mais tost auras tu milite
Lennemy:par humilite
Ceste lecon donc aprendras
Cest le seur chemin qua prendre as.

SEcondement escheue enuie
Car tant que la tendras en vie
Et vouldras vser de ses sertes
Ton estat en vauldra moins certes
Enuie trompe lenuieux
Tant que les ieunes voit sen vieulx
Deuenir quant el les a taincts
Deuant quilz ayent grans ans attains
Soye ioyeux du bien a lautruy
Sa luy fis bien hier:a lautre huy
Fay:charite tenseignera
Et la main dieu ten seignera

DAuarice garde toy bien
Du iamais nauras eureux bie
Se tu veulx auoir nom dhonneur
Estre te fault large donneur
Congnoistre a qui:quant:quoy combien
Du et comment voyre combien
Qua vng prince de grant auoir
Mieulx seroit pour bon los auoir
Donner trop argent vin et chars
Quaquerir le nom destre eschars
Car son premier bruyt luy demeure
Et fault que donneur vuyde meure
Se de largesse pert le nom
Point ne mens si ien parle nom
Alexandre bien le nous monstre   δ ij

Qui en ce cas fut ung droit monstre
Car parauant adonc ne puys
Ne fut pareil: dire le puis
Largesse se fist rendmer
Et par toute terre nommer
Plusque ne firent ses essors
Ne ses gens quil eut grans et fors
Plusieurs luy firent obeissance
Qui ia ne leussent obey sans ce
Vous aultres qui viuez present
De voz biens beau don et present
Faictes a ceulx qui le deseruent
Seigneurs trop peu au monde seruent
Qui leurs richesses ne departent
Car quant vient le iour quilz departet
Par mort qui sur eulx frappe et maille
Ilz nemportent denier ne maille
℄ Dr soit le seigneur trespasse
Et de mort ayt les traictz passe
Qui auoit ordonne prou messes
Dequoy on luy fist les promesses
Ses hoirs ny mettront ung tournoys
Ha poure homme si tu tournoys
De rechief bien mieulx ordonnasses
Car de tes biens et or donnasses
Pour colloquer ton ame es cieulx
Je nomme bien meschans tous ceulx
Qui a leurs heritiers sattendent
Et qui dela et deca tendent
En querant bien qui si peu dure
Et dont leur vendra peine dure
Se tort ou rapine commettent

Du que soubz eulx seruans commettēt
Tyrans robeurs et desloyaulx
Seigneurs seruez vous des loyaulx
¶ Largesse dont ie vous parlay
Est faicte par clerc et par lay
Se le don passe la desserte
Mais elle na point la de serte
Quant le seigneur de bien me herite
Selon mon seruice et merite
Se bien ie lay ades seruy
Et ce que iay ia desseruy
Il me rend a prime ou complye
Cest loyaulte bien acomplie
Nompas largesse la courtoise
Dont vient procede et acourt aise
A cil qui a donner sauance
Et au prenant sil a scauance
Le don:qui plus excedera
La desserte mieulx cedera
En largesse com veu lauez
Les eschars sont bien mal lauez
Dhonneur vuydes et si tres ors
Quilz nayment riens fors leurs tresors
Je ne dy pas vous nauez garde
Quu prince face mal sil garde
Tresors pour ses necessitez
Car ses chasteaulx ne ses citez
Ne pourroit en paix maintenir
Sans quelque argent en main tenir
Mais pourtant ne doit il auoir
Si fort le cueur a son auoir
Quil ney donne plus que petit   d iii

Car donner de bon appetit
A plusieurs et de franc courage
Vault mieulx q̃ faire a ung coup rage
De donner a ung ou a deux
Et veoir aultres porter grans deulx
Par pourete en sa maison
Tu ne trouueras iamais hom
Qui dye que raison lassente
Ne que ce soit dhonneur la sente
A chascun selon son mestier
Donne autant comme il a mestier
En te seruant et dauantage
Tant quil ne meure deuant aage
En mendicite:or me croys
Mieulx te vauldroit ne garder croix
Que te tenir labeur ne peine
De cil qui te seruir se peine
Duy as donc ce que men semble
Pour bien dhonneur et dame ensemble
Bon fait congnoistre le monde ains
Que trop laymer ne ses mondains
Si tu es clerc noble ou marchant
Et vas mainte terre marchant
Pour tousiours acquerir richesse
Dy moy quel proufit au riche esse
Gaigner en acier ou en fer
Se son ame chet en enfer
Garde que bien tu te maintiengnes
Et qua loyaulte la main tiengnes
Ceulx sont riches de mille mars
Qui ia npront parmy le mars
Des ianuier ou feurier mourront

Lors deulx et leurs biés lamour rompt
Cest piteuse diuision
Ney as tu pas dy Vision
Leur corps en terre sera mis
Les biens demeurent aux amys
Souuentesfois aux estrangiers
Aulcuns ont pour leur estre angiers
Paris orleans ou rouen
Qui finiront encore ouen
Se lauaricieux meurt.lor
Aux heritiers demeure lor
Et largent quil a moult cele
Et a grans tas amoncelle
Porter ne seust sceu sans ployer
Mais a bien ne veult semployer
Luy mesmes faim en enduroyt
Et soif tant comme vng an duroit
Tout temps loyaulte corrompit
Et a trauail son corps rompit
Vsure commist en maintz lieux
Cheuaucha plus de mille lieux
En querant ce que luy default
Dont present congnoist le deffault
Sil a eu sa cheuance chiere
Ou en fait apres bonne chiere
Aussi tost quil est soubz la lame
Ainsi pert il se corps et fame
Pour les biens qui trop peu la valent
Et en enfer tout droit lauasent
Mal fut celle richesse acquise
Parquoy telle douleur a quise
Sagement qui temps a despense

Fol est celluy qui ades pense
Comment il aura grant monnoye
Il ne scet emplus quel mon oaye
Se trop il y mect de sentente
Car sa vertu et son sens tente
Pour dannation acquerir
Bien eust aultre chose a querir
Quant son piteux cas entendroit
Chascun doncques qui entend droit
En sa conscience se myre
De ce mal est largesse myre

Aussi vray quen flambe paille art
Celluy est meschant et paillard
Qui au feu dyre iamais choit
Dont a luy plusqua nul meschoit
Le sens en pert souuentesfois
Comme scauoir souuent te fais
Lyreux ne veult que noyse et plect
Lyreux nest daucun bon explect
Lyreux est pensif et songeux
Et ne scet iamais que sont ieux
Lyreux tense: lyreux menace
Impacience le maine a ce
Contre ire soye donc pacient
Aultrement nes tu pas scient

Se a toy ie parler osoye
Qui boys vins daniou et osoye
Puis ypocras sieppe et taincte
Parquoy ta vertu est epteincte
Quant lyuroing ces bons vins a bus

Il commect apres grans abus
Car trop a ce mestier se maine
Par tous les iours de la sepmaine
Cuydes tu venir a valeur
Pour estre de vins avaleur
Boyre par epces main et tard
Ton ame en enfer maine et te ard
Le faye cueur et les boyaulx
Pour ce ie te requier boy eaulx
Du beuurages qui mal ne facent
Et de toy les vertus neffacent
Trop de mal vient de gourmandie
Quelque chose que gourmant die
Car yuresse luxure engendre
Soit en pere en filz ou en gendre
Par ce peche la vie acourse
Et si en vient la mort a course
D yuroing qui ton corps nourris
Tant aise dont apres nous ris
Quant le vin au front ta feru
De plusieurs a lucifer cu
Par telz defaulx et ame et corps
Ceulx font bien q meschans et que ors
Qui nont de sobriete cure
Car sante garde et le mal cure

Va iouer auecques ta bille
Du aultre esbat et ne te abille
De luxure que dieu het tant
Et lennemy sen va haittant
Quant aulcun il en a tempte
Ceulx ont vers la foy attempte

Qui sont souillez de tel delict
A la fin nauront point de lict
Aultre que ceulx du bas empire
Cest enfer qui pourroit en pire
Jamais choysir sa mansion
Et pour plusample mencion
Joupte la matiere subgette
Je te dy et au parsus gette
Que maints sont a mal paruenus
Par glotonnie et par Venus
Chascun nensuit pas charlemaine
Qui va la ou sa char le maine
Les bestes brutes font ce la
Car dieu tout puissant leur cela
La grant amour dequoy il tame
Il a treschers ton corps et tamt
Nensuy les muletz ne cheuaulx
Qui tresor si tresriche vaulx
Cil qui de luxure a la tache
Denfer sera mis a la tache
Tu peux vaincre tes ennemys
Se tu ne tes com asne mis
A plusamer bran et chardon
Que dieu qui fist de sa char don
Pense quatoy tel amour eut
Quen croix fut mis et la mourut
Rendant ton ame nette et saine
Plus que neust laue leaue de saine
Non aussi celle de la mer
Qui te garde donc de lamer
Tu voys que nature element
Ayme tres naturellement

Par lordre que dieu la sus mist
Et a ce faire la submist
Ayme donc cil qui te forma
Et puis de toy prins la forme a
Toy ame auecques luy marie
Et te recommande a marie
Sa mere et Vierge tant amee
Dont la bonte nest entamee
Depuis que dieu de sa cordelle
Amyable lame et corps delle
Lyarce fut Vng bon lasseur
Car onc entre frere et la seur
Ne fut amour tant apparent
Et puis dieu te tient a parent
Voulant ques cieulx soit ton manoir
Sa toy ne tient pour y manoir
Tant luy est plaisant chastete
Quecelluy qui a chaste este
Honneste et non incontinent
Il luy enuoye incontinent
Sa grace comme il la demande
Et luy acomplist sa demande
Du mieulx que requerir ne sceust
Pour quelque bruyt quen sagesse eust

Ceulx qui de paresse se parent
De honeur et Vertu se separent
Paresseux na plaisir ny aise
La creature est bien nyaise
Qui Veuet seruir dame tant sale
Soit aux champs en chambre ou en sale
Paresse est des Vices la mere

Et nourrist tristesse la mere
Elle fait aux humains grãt dommage
Pource ne suy faits point de hommage
De seruice ne de ligence
Mais te garnis de diligence
¶ Auant que du tout ie me taise
Je te pry ne chemine taise
Que nays eÿ memoire prudence
Bon conseil auras et prude eÿ ce
Chascuÿ soir Bise a toÿ affaire
Quauras fait ou laisse a faire
Le iour passe iucq a la nuyt
Disant cecy Bault cela nuyt
Laisse le mal le bieÿ prenant
Comme boÿ loyal aprenant

Iustice Berrine tresclere
   Par ou les princes dopuent lyre
Qui aux bons et mauluais esclere
Quel chemiÿ ilz dopuent eslire
Fait assauoir a tous que lire
De dieu Bendra:saches de Boir
Sur ceulx qui ne seront deuoir
¶ Par elle oÿ list au parchemiÿ
De loyaulte paix et concorde
Soit es Billes ou par chemiÿ
Jamais a nul mal ne sacorde
Huma nite est de sa corde
Et ie raisoÿ toustours la guyde
Cil Ba bieÿ quÿa bonne guyde
¶ Bieÿ eureux est dire ie lose
Qui deuant ses yeulx la tendra

Conscience est ses texte et glose
Jamais lautruy ne retendra
A chascun ce quappartendra
Rendra toustours sans grant demande
A mesfait nappartient quamande
¶ Tous ceulx qui en ont abuse
En principal ou accessaire
Paradis leur est refuse
Silz nont remede necessaire
Car lennemy nostre aduersaire
Ne mect pas telz cas en oubly
Par vertus homme est ennobly
¶ Seigneur qui as souuerain regne
Gouuerne tes subgetz en paix
Fay que iustice sur eulx regne
Damour et equite les paists
Aussi de pitie les repaists
Quant ilz auront vers toy failly
Le fort doit support au failly
¶ Dieu par doulceur pasteur se nōme
Et congnoit ses brebis se dict
Arreste donc cy ton sens homme
Et retien en ton cueur ce dict
Orgueil test du tout interdict
Pource de humilite te membre
Chascun quiert de dieu estre membre
¶ Le pape aussi se dit seruant
Des seruiteurs nostre seigneur
Qui de la foy est obseruant
Et de tous princes le greigneur
Il test par ce point enseigueur
Que seruant tu te doys tenir

Pour iustice et paix maintenir
¶ Croy tu que dieu tayt mis a prince
Pour plaisir faire a ta personne
Ie ne scay se as aprins ce
Mais le vray bien aultre part sonne
Et ton nom aleffect consonne
Le roy gouuerne:et le duc maine
Seruans a creature humaine
¶ Les gouuernans et les meneurs
Des brebiettes en pasture
Autant les grans que les mineurs
Se par default ou forfaicture
Aulcune choit en auenture
Ilz la rendentl ou sont puniz
Bergiers sont tous au champ vniz
¶ Combien que ceulx qui plus en nõbre
Conduysent de bestes aux champs
Ont moins beau se tenir en vmbre
Et sesioyr en nouueaulx chants
Que plusieurs quon nõme meschans
Qui tel charge nont pas ne veulent
Telz sont ioyeulx qui puis se deulent
¶ Quãt bergiers prennent des ouailles
Pour garder a leurs appetis
Se les loups chiens regnards ou aigles
Les emportent ou leur petis
Ceulx qui les leur baillent peust ilz
En demander vers eulx respons
Ouy dea ie le te respons
¶ Donc saulcun garde ma brebiz
Puis la tonze escorche ou la tue
Iay sens plusffroit que mabre bis

Si par moy sa peau nest batue
Ceste chose bien debatue
Vous qui estes de dieu pastours
De faultes ne faictes pas tours
¶ O prince ie te supply traicte
Tes subgetz en grant amytie
Soit a lentrer ou a la traicte
Le pasteur dopt plus la moytie
Auoir de ses brebiz pitie
Quy mercenaire ou estrangier
En ce monde a tousiours dangier
¶ Justement se fault maintenir
Qui veult par ce monde passer
A loyaulte la main tenir
Sans nullement la trespasser
Par mort conuient brief trespasser
Grans et petis se foible et fort
Contre la mort ne vault effort
¶ Seigneur tu es de dieu bergier
Garde ses bestes loyaument
Metz les en champ ou en vergier
Mais ne les perds aulcunement
Pour ta peine auras bon payement
En bien les gradant:et se non
De maleure receuz ce nom
¶ Mais pour les rebelles mener
Aspre iustice est le baston
Au teict les te fault ramener
En parlant hault ou le bas ton
Aultrement point ne les bat on
De rapine ne tyrannie
Dieu paradis aux tyrans nye

¶ Le peuple donc quen main tenez
Ne se mettez a pourete
Mais en grant paix se maintenez
Car il a souuent poure este
Pille est puer et este
Et en nul temps ne se repose
Trop est bastu qui pleurer nose
¶ Croyez que dieu vous pugnira
Quant voz subgetz oppresserez
La mour de leurs cueurs plus nyra
Vers vous mais hayne amasserez
Silz sont poures vous le serez
Car vous viuez de leurs pourchaz
Mal fait changer coursiers pour chaz
¶ Ainsi que le coursier vous porte
A voz affaires hault et bas
Aussi le peuple vous apporte
De quoy vous menez vos esbas
On leur fait assez de cabas
Qui leur sont fort griefz a porter
Bon fait de mal se deporter
¶ Par desplaisir faim et froidure
Les poures gens meurent souuent
Et sont tant que chault et froit dure
Aux champs nudz soubz pluye et soubz vet
Puis ont en leur poure conuent
Necessite qui les bat tant
Quant seigneurs se vont esbatant
¶ O inhumains et dommageux
Qui nom portez de seigneurie
Vous prenez les pscurs domine a ieux
Mais pas nest temps que seigneur rie

Quant on voyt charite perie
Qui est des vertus la maistresse
Poures gens ont trop de destresse
℮ Du propre labeur de leurs mains
Quil deust tourner a leur vsage
Itz en ont petit voyre mains
Quil nest mestier pour leur mesnage
Vous lauez malgre leur visage
Souuent sans cause:dieu le voyt
Qui se danne est villain reuoyt
℮ Combien que vous nōmez villains
Ceulx qui vostre vie soustiennent
Le bon hōme nest pas vil.ains
Ses faictz en vertu se maintiennent
Ceulx qui a bonte la main tiennent
Plusquautres deseruent louange
On ne peult faire dun loup ange
℮ Je vous nōme loupsrauisseurs
Du lyons:se tout deuorez
Sont vertuz a vostre aduis seurs
Des faictz en quoy vous labourez
Nenny:tresmal assauourez
Lestat dont dieu vous a fait estre
Cest grant bien que son cas congnoistre
℮ Se tu vas a sainct innocent
Ou ya dossemens grant tas
Ja ne congnoistras entre cent
Les os des gens de grans estas
Dauec ceulx quau monde notas
En leur viuant poures et nus
Les corps vont dont ilz sont venus
℮ Hōmes ont doncques tous ensemble

e i

Poure entrée et dolente yssue
Combien quaucuns sont a qui semble
Que la terre est pour eulx tyssue
Et que le bon homme qui sue
Au labeur nest riens enuers eulx
Aueugle est tel qui a vers yeulx
¶ Or visons lentrée et la fin
De lempereur et dun porchier
Lun nest pas compose dor fin
Lautre de ce qua le porc chier
Tous deux sont pour au vray touchier
Dune mesme matiere faictz
Dy congnoist les bons es bienffaictz
¶ Se iay maison pour ma demeure
Bon lict:cheual:viures vesture
Le roy na vaillant vne meure
En plus que moy selon nature
Dn luy fait honneur cest droicture
Mais il meurt sans emporter rien
Peu vault le tresor terrien
¶ Dng cheual suffit a la fois
Au roy vne robe vng hostel
Sil mengeut et boyt ie le foys
Aussi bien que luy iay los tel
La mort me prent il est mortel
Ie voys deuant il vient apres
Nous somes esgaulx a peu pres
¶ A cent ans dicy ie mattens
Estre aussi riche que le roy
Jattendray ce nest pas long temps
Lors serons de pareil arroy
Se ie seuffre quelque desroy

Entre deulx il fault endurer
Maleur ne peult tousiours durer
¶ Quant au corps gueres dauantage
Ne voy dun prince aux pluspetis
Les aulcuns sen vont deuant aage
A la mort poures et chestifz
Aultres suyuent leurs appetis
Pour aulcun temps et puis se meurent
Noz oeuures sans plus nous demeurẽt
¶ Du mylieu gist la difference
Car es deux boutz ny en a point
Le grant du petit differe en ce
Car dieu la voulu en ce point
Ordonner pour tenir en poinct
Iustice paix equite droit
Bien souuent tout ne va pas droit
¶ Suy prince a conseil qui labuse
Et ne scet ou veult y pouruoir
Cest vng poulcin prins de labuse
Quon ne peult secourir pour voir
Lentendement est fait pour veoir
Et discerner vertus de vice
Profes ne doit sembler nouice
¶ Conseiller quon nõme proudons
Se trop a soy enrichir tend
Tost est corrompu par prou dons
Et peu au bien publique entend
Mais scauez vous quil en attend
En fin honte et dannacion
Ou doit aymer sa nacion
¶ Le prince est gouuerneur et chief
Des membres du corps pollitique

e   H

Ce seroit bien dolent meschief
S'il deuenoit paralitique
Ou voulsist tenir voye oblique
A l'estat pourquoy il est fait
Tout se pert fors que le bien faict
¶ Seigneurs pas n'estes d'aultre aloy
Que le poure peuple commun
Faictes vous subgetz a la loy
Car certes vous mourrez comme ung
Des plus petis : ne bien aulcun
Pour vray ne vous en gardera
Chascun son ame a garder a
¶ Mais quant ung prince fait deuoir
Douurer en sa vocacion
Selon sa puissance a scauoir
Laissant toute vagacion
Et mauluaise application
On ne le peut trop honorer
Le prince est fait pour labourer
¶ Non pas du labeur corporel
Ainsi que les gens de village
Mais gouuernant son temporel
Justement sans aulcun pillage
Auoir ne doit le cueur volage
Soit attrempe nect chaste et sobre
La fin des pecheurs est opprobre
¶ Se pape empereurs roys et ducz
Aymoient bonte en tous endrois
Telz ont este et sont perdus
Par non tenir les chemins drois
Qui congnoistroient vertus et drois
En prenant a eulx exemplaire

Plus doit que folie sens plaire
¶ Comme pour porter vin ou feu
Plus propre est vng pot q̃ div mãches
Vng prince aussi qui ayme dieu
honnorant festes et dimenches
fuyant tous vices ꝉ leurs branches
Porte tel finict que cest merueille
Sage est cellup qui en mer veille
¶ Jappelle ce monde la mer
Pour les grans dangiers et perilz
En quoy sont ceulx qui trop lamer
Veulent de tous leurs esperis
Dont a la fin seront peris
Sau port de salut ne sattendent
Jamais les fotz a bien ne tendent
¶ Les subgetz dovuent reuerence
Et seruice pour absolu
A leur prince en perseuerence
Suppose quil soit dissolu
Dieu la ordonne et voulu
Par commandement treseupres
Tous bons sont a bien faire prestz
¶ Peuple scauez vous pourquoy esse
Que vous auez seigneurs diuers
Je vous en donneray adresse
En moins langage que div vers
Rebelles estes et peruers
Pecheurs vers dieu plains de barat
Et pourtant a mau chat mau rat
¶ O homme combien quappert soys
Et en ta chair quiers tout ton beau
Je mesbahis que napercoys

Que brief seras mis au tombeau
Et aussi tost comme tombe eau
Defauldra ta plaisance vile
Pechez rendent lame seruile
¶ Et pource princes et prelatz
Qui de iustice auez la charge
De vous en parler suys pres las
Touteffois vers vous men descharge
Deuant dieu au long et au large
Compterez de mise et recepte
Bon auditeur abus naccepte
¶ Congnoissez la perfection
Que dieu en voz ames a mis
Et des corps limperfection
Soyez a vousmesmes amys
Car paradis vous est promis
Se bien le scauez demander
Bon fait ses defaulx amender
¶ Pensez pourquoy dieu vous a faictz
Et vers luy ne soyes ingratz
Mettez raison en tous voz faictz
Combien que soyes gros et gras
Sachez q̃ moust vault mieulx q̃ esgras
Honte est plus que mal propice
Truye ne scet que vault espice
¶ Quant vostre cas bien entendrez
Peu priserez mondanite
Mais voz cueurs vers les cieulx tēdrez
Le monde nest que vanite
Ne faictes inhumanite
Par voz oeuures seres iugez
Les seigneurs deuendront subgetz

PResidens qui tant alleguez
De droiz de couſtumes et loys
Des princes eſtes deleguez
Pour paix mettre entre clercs et lays
Drapment iuge ſe tu Boulops
Bien le ſeroys tant as lart gent
Mais tu nen aymes que largent
¶ Juſtice la bien ordonnee
De dieu en la terre tranſmiſe
Ne Beult eſtre pour or donnee
Ne a ceulx qui plus feront miſe
Mais au bon droit el ſeſt ſubmiſe
Compas a plombet regle eſquierre
Pour radreſſer chaſcun qui erre
¶ Juges Bous en auez la garde
Nen laiſſez endurer beſoing
Aux poures car dieu tout regarde
Qui contre Bous ſera teſmoing
Se Bous y faillez pres ne loing
Pour crainte faueur hayne ou don
Selon louurier Bient bon guerdon
¶ Les quatre choſes deuantdictes
Troublent iuſtice en maint endroit
Pour ce ſont ilz de dieu mauldictes
Et auſſi prohibees en droit
Donc celluy qui les maintendroit
Trop de maulx en ſon ame aſſemble
Dieu pugniſt tout quāt bon luy ſemble
¶ Crainte deuers les grans meſpredre
Du paour de perdre ton office
Ne doiz bon iuge iamais prendre
Parquoy tu faces iniuſtice   e   iiii

Celluy qui partout mect police
Les bons en vertu fortifie
En faisant bien donc fort ty fie
¶ Pilate par crainte doffendre
Cesar: fist dieu crucifier
Lequel auoit voulu deffendre
Parauant et pacifier
Mais par default de se fier
En loyaulte il se perdit
Com leuangeliste expert dit
¶ Faueur aussi ne doys porter
A nulluy tant soit il ton proche
Fors parauant que supporter
Le peuz sans y auoit reproche
Et quautruy dommage napproche
Cest grant mal faire le contraire
Le bon ne doit a mal satraire
¶ En hayne contre homme ne iuge
Soit cas criminel ou ciuil
Enten bien que ie te dy iuge
Aultrement tu seras si vil
Que ennemy des ans cent mil
Voyre sans fin ten fera honte
Iamais le vice a hault ne monte
¶ Pour promesse ou don quon te baille
Ie te pry ne tourne a lesquart
Car tu te dannerays sans faille
Et ferays que meschant coquart
Tu ne viuras iamais le quart
De ce que tu as pourpense
Le temps est tantost despense
¶ Iuge qui es sans equite

Cuydes tu auoir paradis
Estre absoulz remis et quitte
Se tu trompes gens par addis
De proces mal prepara dis
Qui griefue aultruy pource entey ce
De sol iuge briefue sentence
¶ Quant tu auras a condanner
Aulcun homme de crime attainct
Garde toy bien de te danner
Et destre domicide tainct
Car si hayne pitie eytainct
Tu seras de sa mort en coupe
Cest mal cuilly qui larbre coupe
¶ Et pource ne porte rancune
Contre aulcun qui deuant toy viengne
Aultre raison ne ten rends que vne
Et a iamais bien ten souuiegne
Cest que pour chose qui auiegne
Ne doys nul iuger sans pitie
Cruel cueur na point damptie
¶ Ta conscience te dira
Quant tu le peuz bien faire ou doys
Se ton cueur peu ne grant dire a
Vers le crime et le perdoys
Tu peuz assez lauer tes doys
Car pour ce ia nen seras quitte
A priser est qui bien saquitte
¶ Justice est trop persecutee
Se misericorde y default
Mais elle est bien executee
Quant on ne het que le default
Las cest grant pitie lors quil fault

Doit son semblable mal finer
Tous ne peuent pas de sens finer
¶ Cest droitg les maulx on pugnisse
Et ny doit on point differer
Mais que iuge corrompu ne ysse
A la sentence proferer
Car equite doyt preferer
Rigueur en tout iuge parfait
Honte se veult monstrer par fait
¶ Touteffois quant rigueur appert
Escript et equite non mye
Soit en priue ou en apert
Justice nostre bonne amye
Veult que par mort ou infamye
Tout cas criminel soit pugny
Noble oyseau het corrompu ny
¶ Excuse touslours linnocent
Se tu veulx faire a dieu plaisir
Des mauluais peuz condanner cent
Sans conscience ou desplaisir
Souuiegne toy bien a loysir
Du iugemeut de la grant court
Le temps des hommes est bien court
¶ Pour continuer mon langage
Je dy par vng ardant acces
A chascun iuge quil engage
Son ame quant il fait exces
De iugemens ou par proces
Querant auoir practique ou los
Fol est qui perd la chair pour los
¶ De voz lieuxtenans de grãs barres
Et messeigneurs les allouez

Je me tays car voz faictz sont garres
Des ce quaucun vous a louez
Par grans dons mais tresmal ouez
Les poures qui nont dargent source
Il nest plus amye quen la bource

Ne cuydez iamais aduocas
Que dieu vous daigne pdõner
Se bien nauisez a voz cas
Quoy ne vous gaigne par donner
Pour a telz faictz vous adonner
Vostre ame honneur et temps se pert
Mal se muce a qui le cul pert
¶ Quãt les poures gẽs vous requieret
Vous resemblez estre endormis
Mais les riches ont ce quilz quierent
Sen voz mains ont foison dormis
Vng iour serez bien desdormis
Ou verra voz baraz et guilles
Je nest pas tousiours cours danguilles
¶ Nous tenons vne femme a fole
Qui son corps et son honneur vent
Pour argent mais cecy mafole
Car vous faictes pire souuent
Voz langues tournent comme vent
Au plus donnant cest grant diffame
Il perd assez qui perd son ame
¶ Dautant que deuez valoir mieulx
Qui ses foles femmes et viles
Faillez vous plus ie dy tous ceulx
Qui mainent causes inciuiles
Que celles qui vont par les villes
Ou aux champs faire leur folie

Peche en enfer le fol lie
¶ Vous faictes mal aussi font elles
Leurs pechez les vostres neycusent
Quen aduendra-peines mortelles
Les vices leurs maistres accusent
Se les larrons aultres ey cusent
Neantmoins ilz ont leur desserte
A meschans gens chesttue serte
¶ D aueuglez vous vous riez
Quant aulcun homme auez trompe
Mais vne fois vous vourriez
Nauoir mange que pain trempe
Ey bel eaue:et quatrempe
Eussez voz langues aultrement
Qui fait mal soblige a torment
¶ Je suys bien content que lon sache
Que chascuy qui contre droit tourne
Pour argent celluy qui lensache
Est danne sil ne se retourne
Et le donnant soy sens bestourne
Tous deuy vont a perdicion
Seloy la soche se cioy
¶ Se tu as tesmoing presente
De heritage meuble ou iniures
De verite soys pres ente
Puis que par serment diuiy iures
Danne es se tu te pariures
Ey endommageant toy prochaiy
Poisson se perd qui approche haiy
¶ Les tanches brames et gardons
Aualent chaiy pour vng vermet
Dainsi faire bien nous gardons

Car lhomme qui celluy Ver mect
Du poisson la mort en promect
Ne prens donc riens qui ta foy blesse
Tel quiert force ou na que foiblesse
⁋ Se par ta deposicion
Aulcun a deshonneur ou perte
Ny quier point de posicion
Contraire a la raison aperte
Soit personne simple ou experte
Tenu luy es de recompense
Tout nauient pas ainsi quon pense
⁋ Par hayne:don:crainte:ou faueur
Ne Varie en ton tesmoignage
Priue seras de la faueur
Des cieulx: en faisant tel ouurage
Nenrichis toy ne ton lignage
Par ce moyen ou tu te perds
On peut iugier des faictz apers

OReffier note ce loyaument
Quauras ouy patrociner
Et ny Varie aulcunement
Car tu ne dois pas trop signer
Ne peu aussi mais assigner
En tous tes escrips Verite
Dieu donne aux bons prosperite
⁋ Le mauluais naura de salaire
Si non enfer apres sa mort
Du soit de la ou deca loyre
Fol est qui a bien ne samort
Lennemy ceulx pieca a mort
Quil a prins en ses mains et las
Triste cueur dit souuent helas

Toy clerc qui les proces escrips
Ne ranſonne trop poures gens
Pren pitie de leurs pleurs et cris
Car les pluſieurs ſont indigens
Et meſme entre vous ſergens
Noppreſſez le peuple de dieu
A mal faire na point de ieu
℣ Mes parolles cy finiront
De iuſtice quant a preſent
Mais treſtous a la fin pront
Au ſiege ou dieu ſera preſent
La paour faueur crainte ou preſent
Riens ny vauldra faire des faulx
Chaſcuy congnoiſtra ſes deffaulx

En force eſt prudence miſe
    Et aſſiſe
Juſtice y eſt bien compriſe
    Et ſubmiſe
Dont les lunettes ſe font
Qui ſont de belle deuiſe
    Or les viſe
Ne fault pas laiſſer pour miſe
    Quoy nauiſe
A mettre ſoeuure au parfont
Temperance y eſt requiſe
    Qui toſt quiſe
Sera et a ce commiſe
    Car acquiſe
Eſt pour ſou dont ioinctes ſont
Qui vouldra par elles liſe
    Et eſliſe

La lettre grosse ou exquise
Je deuise
Choses qui bien les parfont
¶ Force donc le faiz souftient
Porte et tient
Tout ainsi quil appartient
Et maintient
En eftat ce bel ouurage
Qui trefgrant valeur contient
Bien aduient
A celluy qui lentretient
Ou retient
En le gardant comme fage
Mais homme a qui nen fouuient
Mal luy vient
Nul plaifir ne luy reuient
Ains conuient
Vfer fes iours en feruage
Dont fon cueur trifte deuient
Lors paruient
A douleur qui luy fouruient
Si aduient
Souuent quil en chiet en rage
¶ Car grant fortune diuerfe
Qui tout verfe
Eft a homme controuerfe
Et peruerfe
Sil na de force support
Tantoft chiet a la reuerfe
Lors conuerfe
O dueil fa partie aduerfe
Qui le berce

De desespoir iusqu au port
Dieux luy vaulsist estre en perse
Tant le perce
Au long et a la trauerse
Puis le berse
En tresdesloyal deport
La souruient la couleur perse
Bien appert ce
Quen esperance submerse
Il trauerse
Le passage de la mort
Qui o force communique
Com vnique
Sera seur et pacifique
Ainsi que
Seroit en forte maison
Force est tousiours magnifique
Auctentique
La loy tient euangelique
Angelique
Ne la nyeroit iamais on
Force quiert le bien publique
Et sapplique
A vertus:et riens neypplique
Fantastique
Mais tout fonde en raison
Cest precieuse relique
Que replique
Contre vices:et duplique
La practique
De vertus toute saison
La creature sabuse

Qui la ruse

Ses condicions refuse

Et ney vse

Pour sercher aultre entreprise

Inconstance lencuse

Puis laccuse

Fole pasur:et tant lamuse

Que confuse

La rend tant quon la desprise

Mais quant force tient icluse

Non intruse

Premunie de grace infuse

Cest lescluse.

Qui a tel grace comprise

Riens ne fait ou nait eycuse

Qui eycluse

Dillaine et la fait recluse

Par sa ruse

Dõt ses faictz sont sans reprise

Force point ne se deffie

Mais se fie

Auy gens te vous certifie

Et affie

De petis faictz ne luy chault

Qui delle se fortifie

Fructifie

Peche qui tout mortifie

Purifie

Toꝰ tẽps face froit ou chault

Lhonneur qui dieu magnifie

Glorifie

Les cas obscurs clarifie　f　i

Mondifie ⸺
Qui la croit a biens ne fault
Debas quon luy notifie
Pacifie ⸺
Vertu qui paix viuifie
Verifie ⸺
Quen elle na nul default
¶ O Vertu preseruatiue
Nutritiue ⸺
Des dolens confortatiue
Tresactiue ⸺
En qui na riens a reprendre
De tous biens demonstratiue
Peine viue ⸺
De sens viuificatiue
Fons et riue ⸺
Pour haultz ouurages emprendre
Aux humbles sociatiue
Attractiue ⸺
De bonte declaratiue
Qui arriue ⸺
Vers toy peut honneur aprendre
Ton subget ors faictz eschiue
Et les priue ⸺
Contre personne cheftiue
Point nestriue ⸺
Mais se garde de mesprendre
Ceste Vertu magnanime
Tost anime ⸺
Les cueurs de honneste regime
Sans nul crime ⸺
Pour les faire hault attaindre

Contre Vices dure lyme
Qui fort lyme
Toute heure soit nône ou prime
Les opprime
Et tresbien les sceit estaindre
Plus par raison que par rime
Tout exprime
Et la personne reprime
Qui perime
Honte par mentir et faindre
Jamais nest pusillanime
Mais intime
Vertu en tresgrant estime
Paix redime
Saulcuns la veulent enfraindre
¶Tout homme vers force tende
Et entende
Quil convient quoy quoy attende
Que dieu rende
Aux pecheurs pugnicion
Et que iustice descende
Qui les fende
Sans ce quaulcun les defende
Ne pretende
Donner contradicion
Qui aura failly samende
Et descende
Dorgueil que mal ne y despende
Mais despende
Ses iours en perfection
Affin quen enfer ne pende
Dieu noffende   f   ii.

Mais a bien faire septende
Ses biens vende ——
Sil doyt restitucion
Le fort chasse folle crainte
Sans contrainte ——
Son luy fait iniure mainte
Dueil ne plainte ——
Nen mostre mais se tiet ferme
Et comme personne saincte
Damour ceincte ——
Pardonne loffense emprainte
Quant sans faincte ——
Loffenseur se rend inferme
En luy priant par complainte
De pleurs taincte ——
Que vengence soit restraincte
Ou eptaincte ——
En son cueur a celluy terme
Rancune par telle attaincte
Est destaincte ——
Doulceur y sera remainte
Mieulx que paincte ——
Car honneur le cas conferme
¶ Aulcun besoing na le fort
De confort ——
Doyse par plain ou par fort
Joyeulx port ——
Toute sa vie maintient
A personne ne fait tort
Son effort ——
Est de donner reconfort
Faulx rappors ——

Ne croyt car bonte souftient
Jamais ne nourrift difcort
Mais accord
Je Bous en dy mon record
Et pluffort
A loyaulte la main tient
Mieulx aymeroit fouffrir mort
Que cas ort
Commettre ne maulluais fort
Riens nen fort
Fors ce que raifon contient
C'eft Bng cas q̃ trop nous bleffe
Quant nobleffe
A le cueur de tel foibleffe
Quel delaiffe
Le pourquoy fut ordonnee
Car lhonneur et la haulteffe
Quoy luy dreffe
Neft pas pour Biure en pareffe
La ieuneffe
Ne pour eftre abandonnee
A deduis et a lieffe
Sa maiftreffe
Eft mynerue la deeffe
Qui fageffe
Des armes luy a donnee
Et daultres Bertus largeffe
Son deleffe
Par malice ou par fimpleffe
Tel adzeffe
Loffenfe eft tard pardonnee
¶ Ne cupdez pas quaulcun Baille

f   iii

Vne maille
Pour frapper deftoc ou taille
En bataille
Se Vertu luy conduyt
Pour harnoys blanc au maille
Car fans faille
Il neft point plus feur efcaille
Quel part que aille
Queft force pour Vng tel Bzupt
Defendze place ou affaille
Son luy baille
Des coups dont ployer luy faille
Quil deffaille
Non fait fi force le dupt
Voulentiers prent fur la paille
Sa Vitaille
Affin que honneur luy en faille
Mais garfaille
Nayment gueres tel dedupt
¶ Lhomme de lafché courage
Eft ymage
Du deshonneur et feruage
Et sengage
A toute confufion
Car Vng gentil perfonnage
Perd fon aage
Si de honneur ne luyt lufage
Comme fage
Las fi nous nen Vfion
Pas naurions le patronnage
De parage
Pour eftre nourriz en cage

Au mesnage

Qui le fait conclusion

On peut dire a son visage

Que vng bon page

Vault mieulx de grant auantage

Quel dommage

De veoir telle abusion

¶ Princes qui tenez haults lieux

Comme dieux

Vous deuez ieunes et vieux

Valoir mieulx

Que les petis indigens

Pas nestes faictz immortelz

Car mort telz

Vous rendra de brief com ceulx

Souffreteux

Quon appelle poures gens

Voz vestemens precieux

Es sainctz cieulx

Nyront pas: vains glorieux

Vicieux

De bien faire negligens

O gens trop dilicieux

Curieux

Ayez dieu deuant voz yeulx

Daultres ieux

Ne soyes tant diligens

¶ Fuyez iniustes querelles

Las car elles

Font rapines et cautelles

Pres quautelles

Que celles des temps passez

De guerres viennent sequelles
Dieu scet quelles
Violences de pucelles
Qui plus celles
Ne seront cest perdre assez
Rompre testes et ceruelles
Playes mortelles
Rober eglises chappelles
Choses belles
Ne sont pas pour dieu cessez
Si vous estes tant rebelles
Les nouuelles
Seront de vous trop cruelles
Et tresfelles
Dieu pardoint aulx trespassez
¶Par voz guerres et debas
Maints cabas
Ont este faicts hault et bas
Telz esbas
Sont trop griefz a soustenir
Le poure peuple en est las
Qui es las
Dennuy se voyt sans soulas
Et dit las
Dont nous pourra bien venir
Princes ne pensez vous pas
Le dur pas
Du mort plustost que le pas
Sans compas
Nous veult faire conuenir
Pour patrociner voz cas
Aduocats

Non cinq cens mille ducatz
Au trespas
Ne vous scauront subuenir
¶ Ja ne verrez villain natre
Ne folastre
Auoir vertu pour combatre
Ou debatre
Aulcune querelle honneste
Trop mieulx se scauroit embatre
Et esbatre
A quelque poure homme batre
Comme plastre
En luy rompant bras ou teste
Le sol pire que ydolatre
En son atre
Diroit quil en vauldroit quattre
Mais rabattre
En scet assez qui nest beste
Pour tel mal acariastre
Fault emplastre
Dhonneur le vertueux pastre
Qui abatre
Peut toy vice deshonneste
O que cest villaine chose
A qui ose
Querir los sil ne seppose
Et dispose
Es faictz dont honneur procede
Qui dailleurs lauoit propose
Du suppose
Il nest loy texte ne glose
Rime ou prose

Parquoy raison le concede
Car noblesse si oppose
Et depose
Que qui demeure ou repose
Longue pose
La ou honneur ne precede
Grant blasme sur luy compose
Et impose
Ainsi que le sage orose
Bien eppose
Dont le sens maint dautre eycede

Hault createur pardurable
Treslouable
A tes seruans secourable
Piteable
De tous biens source et racine
Tant est ce monde dannable
Detestable
Incertain et deceuable
Variable
Du na de bonte nul signe
Des humains trop guerroyable
Peu durable
Meschant et abhominable
Miserable
Car de tous maulx les assigne
Mais tamour incomparable
Veritable
Ta passion charitable
Amyable
Leur donnes pour medecine
Force la tresuertueuse

Precieuse ———
De defendre curieuse
Fructueuse———
A qui ta de son party
O Vertu effectueuse
Glorieuse———
De Vices iniurieuse
Enuieuse———
Que tout mal soit departy
Contre pechez oultrageuse
Courageuse———
De bonte tresamoureuse
Plantureuse———
Tant de biens Viennent par ty
Que cest chose merueilleuse
Trespiteuse———
De Veoir oeuurs dommageuse
Mais ioyeuse———
Que lhomme soit bien party
¶ Force nest pas a luiter
Ne iouster———
A grans feiz au col porter
Du heurter———
Contre aulcun ie le te iure
Mais Veult bonte supporter
Conforter———
Et iustice executer
Disputer———
Contre ceulx qui font iniure
Les Vices doit emputer
Hors bouter———
Tousiours les persecuter

Sans doubter
Car dieu du tout les coniure
Lhomme qui veult hault monter
Doit domter
Ses pechez et degeter
Pour gouster
Les vertus sil nest pariure

Temperance dame bien mesuree
Qui nest sote ne lourde mais euree
Sobre paisible constante et asseuree
Gouuernera
Tout cest ouurage a droit ordonnera
Sans regarder qui plus or donnera
Car sa clarte ceulx enluminera
Qui bien la seruent
Et qui samour et sa grace deseruent
Toutes vertus en elle se conseruent
Et les berilles de roupture preseruent
Car el conioinct
Composeement en estat tient et ioinct
Les lunettes et les mect a droit point
Qui aultrement certes ne seroient point
Assez entieres
Ainsi se sont icy quattre matieres
Car prudence et iustice premieres
Les deux verrines rendent nettes et cleres
Force ensement
Comme iay dict des le commencement
Et ceste dame par elle va semient
La bonne graine et donne auancement

A ceulp qui lyſent

Ses beaulp traictez et les vertus eſliſt
Donc les eſpriz ſur le ſoleil relupſent
Et ne craignent que tenebres leur nuyſt
Ne voyes brunettes

Pour parfaire doncques ceſtes lunettes
Dame attrepãce ie maintien q̃ lune eſtes
Qui les tendrez touſiours cleres et nettes
Sans ſeparer

Pour bien prudence et iuſtice pare
Auſſi force doit hõme comparer
Ceſte vertu qui ſcaura reparer
Tout faict extreme

El taprendra amer dieu et toy preſme
Tenir la foy quas promis en bapteſme
A legliſe iuſtement poyer deſme
Auoir pitie

Du deſole et luy faire amptie
De ſon ennup portant tiers ou moytie
Se aultrement le fais ceſt mauuaiſtie
Car ſes deffaulp

Pour auoir eu amour au mõde faulp
Auoir rauy lautruy comme herbe faup
Seſtre orgueilly mõtãt les grãs chaffaulp
Ne doys tu pas

De humanite rompre le droit compas
Quiau pecheur penitent tient le pas
Radreſſant ceulp qui ne vont le droit pas
Par auarice

Ne quier haulteſſe dignite ne office
Dont la fin eſt dambicion le vice
Qui de tout mal eſt la ſource et nourrice

Tien toy content
Du temps qui court et ne va racontant
Tes infortunes en disant dieu com̃ tant
Jay a souffrir souuent le garson tend
Faire tel fainte
Querãt bon nom cõ apãt de dieu crainte
En attrapant a soy personne mainte
La figure qui est en son cueur paincte
Cest faulx semblant
Qui en tẽps chault se mõstre tout trẽblãt
Deuant loyal et derriere semblant
Aux ypocrites et tristes resemblant
Parfiction
Donc te fault il vraye cognicion
Conduyte et mise par tel condicion
Que ne seuffres quelque sedicion
Par desmesure
Car attrempance q̃ fait tout par mesure
Te guidera com celle qui mesure
Et compose lappetit et lassure
Sans exceder
Se tu assens lappetit preceder
Si que raison ne puisse succeder
Riens ne feras qui doye proceder
A fin de grace
Soys aduise ne conduyre fallace
Car se ton cueur en tromperie se lace
Lon te verra fremir aussi la face
Toute pallye
Lhõme fraudeux grant tormẽt trop assye
En fin se mect com bon vin a la lye
Mais se fortune contre toy se rallye

Et te combat

Sãs quayp riẽ fait q̃ deuſt mouuoir debat

Dõt corps ou biẽs ayẽt en leur cas rabat

Pren ce que vient com ſi ce ſtoit eſbat

Et ſoit cachee

Ta paſſion et dedans attachee

Si que dehors nayes la face tachee

Jue attrempance layt traicte et arrachee

Pour bonne fin

A quoy viendras ſans doubte a la parfin

Se mouuemens premiere reſtrains affin

Que par prudence ſe berille treſfin

Aps propos ferme

Sur raiſon prins q̃ en bien ſe conferme

Que ta penſee ne ſoit iugee enferme

Changeant acoup ne tenãt iour ne terme

Mais bien ſouuent

Euures cõduyp q̃ ſoubz pluye q̃ ſoubz vẽt

Dont lyſſue ne ſe tire enauant

Lors fault prendre aultre point releuant

Et le conduyre

Pas inconſtant nes ſe tu veulx reduyre

A la raiſon et par elle te duyre

Garde toy bien car ſe nas perdu tre

Incontinent

Auras fureur feras incontinent

Par ton maintien du tout impertinent

Mais temperance tiẽt moyen pertinent

En tous ſes oeuures

Quãt p prudẽce aulcunes choſes oeuures

Crainte te rendtout ſuſpect ſi tu neuures

Lentendement a ce que tu recueuures

Quelque fiance

Car si chascun prenoys en deffiance

Sans tasseurer ie diroys donc fy en ce

Quauec auscun ne trouuoys aliance

Mais de rechef

Trop grant seurte engendre peril et grief

Et par trahison maine lhôme a meschief

Et a douleur qui naura iamais chief

Car quant tasseures

Et tu cuydes estre aliances seures

Et ne le sont tu souffriras blesseures

Et gousteras les verdes pour les meures

Donc est deceu

Le bon amy:experience as de ce eu

Que par traison grant douleur as receu

Et dy pourueoir la maniere nas sceu

Pour quoy seras

Tout titubant pensant que laisseras

Ou que prendras et ia ne cesseras

De te pener mais quant bien presseras

Dame attrempance

Elte dira mon amy apren ce

Entre en toy mesme et en y entrant pense

Que fol est cil qui sens et temps despense

Et mect sa cure

Sil est deglise dobtenir mainte cure

Se seculier grans offices procure

Dont le pourchaz plaisir et ioye obscure

Tien toy plus bas

Suffise toy de petit et tesbas

Car si tu nas en tout bien q deux bas

Plus eureux es que si prenoys debats

Pour plus auoir ————————

Honneurs:offices :richeſſes et auoir

Que tu ne peuz ſans dangier receuoir

Telz grans labeurs te font apperceuoir

Les faictz terreſtres ————————

Dariables et tous plains de tempeſtes

Les pɫ puiſſans font auɤ petis moleſtes

Biens rauiſſans ſentrerõpent les teſtes

Et pour eɤcuſe ————————

Le grant pillard le laboureur accuſe

Diſant.Dilɫaiɲ tu es cil qui abuſe

Et tout eſpoir de iuſtice luy ruſe

Dieu tout puiſſant ————————

Fourragiers biẽnẽt quatre bigs ɋ puis cẽt

Et le poure hõme deſpourueu dapuɤ ſent

Grande angoiſſe:cil qui eſt nourriſſant

De tous eſtas ————————

Quãt fein ou paiɫle au billage a grãt tas

Petis ſeront eɲ la ſiɲ les reſtas

Sil plainct et dict tout mõ bieɲ emportas

Ceſt temps gaſte ————————

Car onc ſanglier ne fut depres haſte

De chiens mordans ne de luy faict paſte

Tant com ſera de reproches taſte

Chaſcuɲ dira ————————

Mal contre luɤ iurera:meſdira

Maulgrera dieu qui luɤ contredira

Pariuremens blaſphemes redira

Ceſt la maniere ————————

Comme ba bas eɲ cent ans la banniere

Et le paiſant tenant bertu planiere

Boyt o ſes roys daniou et de troſniere

                              g i

Et aultres vins
Aduise dont thumble estat donc tu vins
Et que tes ans enuis sont quatre vingz
Dont en ieunesse les seruices diuins
Du tout refuses
En fol amour et charnel ton temps vses
Non regardant le dangier ou tamuses
Telle folie de ta ieunesse ruses
Ny contredis
Ayes vergongne, si vilains sont tes dicts
Soyes courtois non lourd ne estourdis
Aux anciens exhibe honneur tousdis
Et reuerence
Auec les bons retien ta demeurance
Ensuy leurs meurs, ayes perseucrance
Contre ton vueil bataille a oultrance
Et te habitue
Car quant auras vertu par habit eue
Tu verras que le vice subit tue
Et ieunesse de folie destitue
Et quant viendras
Qua parfaict aage dieu donnant paruiendras
Fort et puissant de ton corps deuiendras
Se lors nas frein de raison tu vendras
Toute ta terre
Et a chascun prendras estrif et guerre
Dont parapres te fault viure a desserre
Ceste vertu commande qui point nerre
Que bons accords
Tu ensuyues pour sauluer ame et corps
Car enuie ne poursuyt que discords
Et souuent vient par mensongiers records

Que male bouche ⸺⸺
Sey va semant faisant aultruy reprouche
fuy son venin:ta personne ne touche
Et mal parleur de ton hostel napprouche
Car aultrement ⸺⸺
Temperance nauroit gouuernement
De ton affaire.et trop petitement
Serops laisse sans aduertissement
Jusqua vieillesse ⸺⸺
foible et enferme:car force le vieil laisse
Et maladie le prent et mayne en lesse
Mais quãt long tẽps as voulu pour adiesse
Tenir droicture ⸺⸺
Tu as aquis par temps aultre nature
En tout honneur prendias ta norriture
Lors se mal faicte cest trop grant aduenture
Conduy tes sens ⸺⸺
En telle forme que raison ne soys sans
Et a folie iamais ne te consens
Ne monte hault ne trop bas ne descends
Le moyen garde ⸺⸺
De toutes pars mectz en toy seure garde
Lon oyt tes dicts.tes gestes on regarde
Bien pras droit si aulcun ne te larde
Aprens aussi ⸺⸺
A soustenir douleur sans grant soucy
Et se tu las nen fais semblant ne sy
Nen soit ton port ne ton maintien noircy
Et pour grant ioye ⸺⸺
Ne monstre pas que ton cueur sen estoye
Tien toy rassis.changer lon ne te voye
Tel legierte ne conduy champs ne voye

g   ii

Mais tapplique
A dieu aymer parens et bien publique
Dires parolles ne mensonge nepplique
Et au iangleur ne contendz ne replique
Car de doctrine
Ne veult il point ne prendre discipline
Tout son vouloir a mal parler sencline
Et son honneur peu a peu se decline
Contre prudence
Doulcettement lun passe oultre qui dāce
Lautre ne bruyt que par oultrecuydance
Lun a lautre desplaist non cuydant ce
Et pource brigue
Sensuyt entreulx ꞇ chascun faict sa ligue
Pour sesleuer fera dons de prodigue
Lhōme attrepe pas nen donne vne figue
Mais son temps passe
En tout honneur droictemēt tout cōpasse
Ainsi viuant iusqua tant quil trespasse
Sans temperance lon ne fera pas ce
Pource conclus
Que tous estatz sans nul estre exclus
Conuient qlz soiēt soubz sō enseigne iclus
Pape:euesques:mendiens et reclus
Ne la desprise
Ne soyes aucteur de mauluaise ētreprise
Et les aucteurs ne reclame ne prise
Car trop male est la voye qlz ont prise
A teulx vault seul estre
Ou peu de gens tenir dedens ton estre
Que compagnie te face descongnoistre
Les perilleux pas qua passer dois cōgnoi
     stre

Et pour bien viure ⸺
Boy sobrement et iamais ne ten pure
De viandes moins soyes plain que desiure
A gourmander par exces ne te liure
Et par expres ⸺
Les saincts ieunes observeras apres
Des mandemens de dieu te tendras pres
Ne passeras ne matines ne vespres
Que bien ne faces ⸺
De poures gens pren en pitie les faces
Fameliques affin que les refaces
De cruaulte le nom en toy effaces
La doulceur vince ⸺
Se dieu ta mis en hault estat de prince
Ie desire que tu ayes aprins ce
Pour gouuerner mainte grande prouince
Il te conuient ⸺
Plus auoir soing que cil qui dessoubz vient
En bas estat dont assez luy souuient
Car tu as charge de scauoir que souruient
Sur tes subgetz ⸺
Garde quilz soient doultrages protegez
Et par droicture silz ont messfaict iugez
Selon leurs cas pugniz et corrigez
Mais ta plaisance ⸺
Ta liberte ton eureuse naissance
Ta ieunesse ta fortune et puissance
Te seduysent et portent grant nuysance
Las ton plaisir ⸺
Tantost sera tourne en desplaisir
Infortune vendra pour te saisir
Vieillesse et mort ne donneront loysir

g   iiii

De plus te batre

Que fault il donc contre foy fort combatre

Grandes matieres veoir en conseil debatre

Le bon conseil enfupr le mal abatre

Et prendre aduis

Auecques ceulp qui mal feroient enuis

A gens fages en parlant vis a vis

Pour mieulp cognoiftre q̃tz motz font mortz

Car la parole   ou vitz

Monftre en effect fe la perfonne eft fole

Ou difcrete qui ainfi la parole

Et mieulp fe voyt quil ne feroit par role

Du efcripture

Ainfi poyfe plus les motz que lecture

Doy enapres fi en lieu de oincture

Trouueras point dangereufe poincture

Car la fcience

De confeilliers ne vault fans confcience

Mais grant valeur ont enfemble fi en ce

Soit comprife la longue experience

Pour fondement

Dois proceder en bien profondement

En lopaulte et viuant mondement

Sans temps gafter parler bien rondement

Non de laidure

De foles femmes dpurongnerie dordure

De louer vices ceft chofe griefue et dure

Blafmer vertu helas trop ce temps dure

Ceft merueilles

En paillardie toute la nupt tu veilles

Pour les ieunes tu tacointes des vieilles

Je te fupply que tes foles vueilles

Tost corriger ———— ✳ ———

Et meurement ton chemin diriger

A Vray salut.et a dieu corriger

Saincte oraison:pour a luy te eriger

Lys les exemples ———— ✳ ———

Des hystoires anciennes bien amples

Apres quauras serui dieu es saincts temples

Bien te Vendra si en telz lieux contemples

La grant bonte ———— ✳ ———

Du createur qui par sa Voulente

A sa semblance ta forme et donte

Donne royaulme maints duche et conte

Et en faict darmes ———— ✳ ———

Soit ton deduyt sil fault que souuent tarmes

Exercite lances.hacbes.guisarmes

Et theologie laisse aux prescheurs et carmes

Car theologie ———— ✳ ———

Estudier:aussi astrologie

Nest pas besoing car ta maison regie

Mieulx nen seroit par icelle clergie

Pour temps passer ———— ✳ ———

A ieux honnestes tu te peuz deslasser

Luter sailllir sans braz ne pieds casser

Courir aux barres pour plus force amasser

Mais autres ieux ———— ✳ ———

Certes hazards sont a tous dommageux

Las on y iure on dit motz oultrageux

Jlz ne maxment.et aussi ne fais ie eulx

Car tost le riche ———— ✳ ———

Par telz esbatz ne retient Vne briche

Dont fault quil pille or.argent.Vin et miche

Ses crediteurs il blece abuse et triche

g   iiii

Se vous doubtez
Princes et roys qui estes hault montez
En royaulmes et duchez et contez
Du hault degre fault que les pas comptez
Du que a vng sault
Vous cheez bas sãs quoy vous dõne assault
De temperance vertu eureuse fault
Et pas a pas voyage sans tressault
Conclusion
Doy quen ce monde na que confusion
Ceulx qui le suyuent nauront infusion
Daulcune grace,ains toute illusion
Rapporteront
Et en la fin qui les conforteront
Quant du monde riens nen emporteront
Mais en enfer les peines porteront
De leurs dessertes
La ny aura ne pain ne vin de sertes
Donc maintenant en ses voyes desertes
Prenons plaisir en dieu et tresacertes
Estouppsons
Passant le temps duquel nous ioyssons
Sans varier pour auoir ouy sons
Desbatemens ou nous rebaudissons
Dont est verse
Lentendement et du tout renuerse
Tel fantasie ma tresfort aduerse
Remide par cest quant iay conuerse
Auec gens dignes
Qui ayent bonneur par louenges condignes
Se tu les suys ou tu soupes ou disnes
Tu porteras de leurs bontez les signes

Dont pourras lors ————
Estre ioyeulx plusque nauoys amors
De conscience nauras triste remors
Car de raison auras bride a haulte mors
Oultre tenborte ————
Ne te fier en ta puissance forte ————
Ne aux richesses que le monde tapporte
En vng moment tout ce le vent emporte
Se dieu nas mys ————
De ton party pluschier de tes amys
Contre luy nont pouoir les ennemys
Et sans luy tost tout est a bas remys
Fay que conformes ————
Tes voulentez en telz moyens et formes
Quentre il et toy ne soyent trouuees difformes
Et ten souuiegne chascii iour ains q domes
Si fault que fermes ————
Ton appetit et a raison confermes
Pour tenrichir ne trangresse les termes
Que tes parens ont tousiours tenu fermes
Car la fortune ————
Change souuent et nest tousdis fors vne
Et qui prent trop ne vyt sans infortune
Dont procedent guerres tensons rancune
Quier le repos ————
Nentrepren guerre pour casser buyes ne pos
Aduise bien quant et a quel propos
Mieulx vault du sien ptie mettre en depos
Que faire guerre ————
Se aultrement conseille ma langue erre
Dieu coforte tous ceulx qui a la terre
Not trop leur cueur mais au ciel est leur erre

Telz topront

De leurs plaisirs entreulx sestoupront
Par compaignie ou pays daniou pront
Et aultres lieux ou bien se nourriront
Par tout le monde

Auront seurte et la paix iuste et monde
Et ne trouueront aduersite profonde
Tant que mort ou guerre que dieu confonde
Apent rue ius

Les doulx plaisirs la ou ilz auront ieus
Lors gousteront plusaigre que Bertus
Cest la saison que par maintessois ie eus
Et pour fin faire

Temperance te scaura bien parfaire
Se tacointes de ses oeuures parfaire
Car pour les dicts ce seroit a refaire
Dieu par sa grace

A tous nous aultres qui maintends la trace
De ses Bertus prions quen nous efface
Tous noz pechez pour le Beoir face a face
Ainsi lottrope cellup qui Bit et regne
Eternelment en son hault siege et regne

            ☞ Amen.

Sensuiuent pp B. balades composees par ledit
Jehan meschinot. Sur pp B. princes de balades
a lup enuopez et composez par missire Georges
Laduetuitez seruiteur du duc debourgogne Et
trouuerez deuant le comencement de chascune
des dictes balades le refrain
    ☞ Refrain de la pmiere balade
Et sera fin confuse et enlaydie

Dieu eternel chief de tout bon ouurage
Nous a voulu creer a son ymage
Pour le seruir et aymer a toute heure
Quelz que soyons ne de quelque lignage
Il ne nous a point fait tel auantage
Pour loublier ne pour luy courir seure
Ainsi que font ceulx en leurs chauldes coles
Qui blasphement son nom par les paroles
Et aultres lieux cest bien grant paillardie
Celluy a bien la vie maseuree
Qui de ce cas tient son ame emmuree
Et fera fin confuse et enlaydie

Cest desplaisir et bien haultain dommage
Quant vng seigneur ou gentil pson
En loyaute et vertus ne demeure   (nage
Car faisant mal certes il perd son aage
Et si se mect de franchise en seruage
Dont il fauldra que dhonneur vuyde meure
Si bien les faictz des mauluais tu recoles
Qui decoiuent soubz leurs manieres moles
Tu congnoistras que telle maladie
En cil qui la est a peine curee
Sur luy cherra loffense procuree
Et fera fin confuse et enlaydie

Qui de raison ne veult tenir lusaige
Et quiert auoir le renom destre saige
Gaste son temps et trop en vain labeuer
Lhomme na pas bien vertueux courage
Qui seslieue seulement pour langage
Et na leffect dont il veult quon lhonneure
Le fol viuant en telles choses foles
Et des vices poursuyuant les escoles

Sabuse fort et fault bien que ie dye
Quenuis sera sa presence enduree
Ja ne verrez son absence pleuree
Et fera fin confuse et enlaydie

℘ Georges

PRince flateur menteur en ses parolles
qui blandist gês et endort en friuoles
Et riens quen dueil et fraude nestudie
Ses iours seront de petite duree
Son regne obscur sa mort tost desiree
Et fera fin confuse et enlaydie

℘ Refrain de la.ii.balade
Tout nu dhonneur et de beatitude

SE les pechez nous ne refusion
Pour lesquelz dieu fist toute effusion
De son sainct sang qui tel valeur contient
Nous perdrions la saincte infusion
De sa grace parquoy diuision
Guerriroyt ce qui en paix nous maintient
Penses tu donc lauoir doulx ne propice
Homme sans foy sans loy et sans police
De vices plain en tresgrant multitude
Vie menant aussi comme inhumaine
Farcy dorgueil remply de gloire vaine
Tout nu dhonneur et de beatitude

NE le croy pas car si nous musion
En tel espoir et noz iours vsion
Celluy seigneur qui le monde soustient
Despriseroit trop plus que illusion
Resuerie songe ou auision
Tout nostre sens lequel sil nentretient

Toy qui te sens en dignite doffice
Pape:empereur roy duc.toy edifice
Tresbuchera par tempeste trestrude
Qui te fera perdre vie et demaine
Cestuy est fol qui pompeux se demaine
Tout nu dhonneur et de beatitude

Lestat des bons est la confusion
Aux vicieux qui par abusion
Prennent lhonneur qui ne leur appartiet
Ilz congnoistront en la conclusion
Leur fait petit par clere vision
Ceulx sont eureux q̃ dieu de sa part tient
qui fait les maulx soubz couleur deiustice
Innocent faint tout fourre de malice
Se verra cheoir en bien grant seruitude
A peine aura bon an moys ne sepmaine
Et si sera en conduyte incertaine
Tout nu dhonneur et de beatitude

¶ Georges

Price incõstãt souille de diuers vice
mescõgnoissãt loyal passe seruice
Note doubly reprine dingratitude
Force est q̃l perde amour ⁊ grace humaine
Et que fortune a poure fin le maine
Tout nu dhonneur et de beatitude

¶ Refrain de la.iii balade
Et tous ses faictz tenebreux se repreuuẽt

Qui prẽt le nõ sãs les faicts de noblesse
Abuse aultruy ⁊ sõ pp̃re hõneur blesse
Car mẽtir fait ceulx q̃ bõ los luy donnẽt
Le cas luy viẽt de cueur plain de foiblesse

Quant il ne veult conduire gentilesse
Comme les loix des vertueux lordonnent
Par ce moyen fault bien quil se conuie
A la peine quil a ia desseruie
Pour les deffaulx qui coulpable se preuuent
Cest que raison donnera la sentence
Qui est remply de grant vice et offence
Et tous ses faictz tenebreux se repreuuent

Honneur est grãt en ceulx qiont largesse
Gouuernee par prudence et sagesse
Et qui aux bons de leurs biens abandõnent
Nompas aux folz car ce seroit simplesse
Mesmes hõneur veult bien q̃ sans rudesse
Tous cueurs gentilz les offenses pardõnent
Car ceulx nont pas gentilesse assouuye
Mais la tiennent vilement asseruie
Qui leurs ires doulcement ne desmeuuent
Celluy qui quiert inhumaine vengence
Est dispose de cheoir en indigence
Et tous ses faicts tenebreux se repreuuent

ET qui ne tient fermete en promesse
Aussi vray quest leuãgile ou la messe
Puis quen iurant les motz verite sonnent
Se apraptes luy vient peine ou destresse
Chascun sen rit et en maine liesse
Et toutes gens en mal de luy sermonent
Car cil qui ment la foy quil a pleuuye
Et a tous temps desloyaute sinule
Dieu et hõmes encontre luy sesmeuuent
Sans riens trouuer qui luy porte deffence
De soy plus hault fera vile descence
Et tous ses faicts tenebreux se repreuuent

¶ Georges

PRice entache du couuert feu denuye
Sur aultruy gloire et exalte e vie
A quoy vert9 et haulx faicts le promeuuent
Luy mesmes preigne en luy ceste aduertence
Dieu luy prepare honteuse decadence
Et tous ses faicts tenebreux se repleuuent

¶ Reftain de la .iiii. balade
Affin quil sente aultruy playe premiere

OV tost fauldront terre soleil et lune
Biens de grace de nature et fortune
Et tout ce quest en essence produyt
Ou les tyrans qui sans raison aulcune
Pillent les biens de la chose commune
Dont parapres nen est riens mieulx coduyt
Seront pugniz de tresgriefue poincture
Labue est grant en la loy de nature
Quant le seigneur par mauluaise maniere
Sur ses subgcts prent excessiue prope
Dieu le payera en pareille monnoye
Affin quil sente aultruy playe premiere

CEst cruaulte des p sus piteuses lune
Qui iamais fut se par voye lportune
Le commun est par le prince destruyt
Duquel il a bled vin rentes pecune
Seruice honneur et sans luy fault quil iune
Car il nest pas au labourage duyt
En le perdant il perd sa nourriture
Et si se mect en dannable aduenture
Car bien souuent a la fin derreniere
Trompe se voyt quant a tromper essaye

Et iustement raison ainsi le pape
Affin quil sente autruy playe premiere

IEune conseil et celee rancune
Propre puissit en puice pl⁹ de Vne
Ont aultresfois porte dõmageux fruict
Et de cecy ne scay raison nesune
Fors q̃ dieu Veult nõpas saisõ chascune
Descouurir ce qui es cueurs art et brupt
Ainsi aduient q̃ mieulx quen protraicture
Des cas secretz cõduys par Voye obscure
A lon souuent cõgnoissance planiere
Dont le mauluais en lespineuse haye
Quil a basty tresbuche et la se playe
Affin quil sente aultruy playe premiere

֎ Georges

PRince lettre entendãt lescripture
qui fait cõtraire a hõneur ⁊ droite
Dont il doit estre exemplaire et lumiere
Bien loist que dieu du mesme se repaye
Et quautre apres luy face gref et playe
Affin quil sente aultruy playe premiere

֎ Refrain de la. V. Balade
Car de ses meurs sa famille sapreuue

QUant le seignenr est cruel et di
Et sans raison a tort et a tra
Veult esmouuoir auec chascun dis
A grant peine. luy seront contro
Ses seruiteurs. qui ont aprins les
De folye qui les maine en sa
Chascun dira. que bien il se manie
Et quil est plain. de puissance infinie

Mais aultrement se verra a lespreuue
Nomme sera tout plain de felonnie
Aulcunesfois note de tyrannie
Car de ses meurs sa famille lapreuue

On veult faire de bonte se te
Querir debaz estre foulx et per
Et pouoir bien viure en paix et con
Puis que de bref nous fault gesir en
Mors et desfais orde viande a
Perduz si dieu nen a miseri
Qui acointe maluuaise compagnie
Et de meschans tient sa maison garnie
Force est que dieu sur luy aulcun cas meuue
Dont il aura dommage et villanie
Par son default nest mestier quil se nye
Car de ses meurs sa famille lapreuue

Donc qui vouldra ġles maulx soient cō
Tiengne les yeulx de sa pensee ou
Tant quau vouloir de iustice sa
Son a failly comme loyaulx con
Fault reuenir soit este ou y
Chascun en soy ceste lecon re
Pren quaucun ayt estat de baronnie
Ou moult plusgrant et dye a voix bannie
Que vng sien seruant a bien faire lesmeuue
Sur luy cherra du mal fait linfamie
Et son conseil ne la portera mye
Car de ses meurs sa famille lapreuue
                    ¶Georges

Prince assorty de peruerse maignye
De non loyale abusant progenie
Et dont le nom tel que leffect se ticuie

                                    h i

Luy quel il est le fons propre et racine
Sans autre iuge il le monstre et designe
Car de ses meurs sa famille lapreuue

¶ Refrain de la vi. Balade
Et quainsi veult de quoy fait il a plaindre

Haisons a dieu de noz cueurs donaison
Et le seruons en deuote oraison
Car il est doulx a qui vers luy reuient
Combien que trop en plaisirs or aison
Noz meschans corps qui est grant desraison
Au iugement vng iour passer conuient
Se de pechez ta conscience assomes
Tu ne vauldras pas deux pourries pomes
Mais seras mis en vng feu sans estaindre
Qui quiert denfer le tempesteux orage
Par son default sil a son ame en gage
Et quainsi veult de quoy fait il a plaindre

Nous somes faitz pour vser de raison
En tous endrois a chascune saison
Et congnoistre celluy dont elle vient
Car sautrement sentendons ou faison
On peult de nous faire comparaison
Aux gras pourceaulx a qui point ne souuient
Celluy porte de blasme greues sommes
Et ne fault pas que sage tu le nomes
Qui fait noyses sans riens doubter ne craindre
Saulcils luy font ennuy honte et oultrage
Puis quil sest mis en ce doubteux passage
Et quainsi veult de quoy fait il a plaindre

Qui mect le feu en sa propre maison
Ou pour boyre pret venin et poison

De son bon gꝛe certes bien fol deuient
Disons le vꝛay ou du tout nous taison
Nesse a bon dꝛoit et a iuste achoison
Se dieu seuffre que mal luy en aduient
Et que iamais nayt bon repos ne sommes
Vꝛayement si est mais toꝰ tant q̃ nous sõmes
Aulcuneffois le faisons sans nous faindꝛe
Le sot doncques qui sest fait tel buurage
Quant il boit tout ou bꝛusle son mesnage
Et quainsi veult de quoy fait il a plaindꝛe

        ❡ Georges   esõmes

Prince aymãt mieulx argent ꞇ grosses
    q̃ le frãc cueur ne lamouꝛ de ses hõmes
Dont nulle rien nest pluscher en la taindꝛe
Sil pcꝛd et peuple et terre et baronnage
Quant luy propꝛe est sa cause du dommage
Et quainsi veult de quoy fait il a plaindꝛe

    ❡ Refrain de la vii balade
Et a tout ce qui dessoubz luy repose

Esse bien fait de nous aduenturer
    Daler au lieu ou noꝰ fauldꝛa plourer
Auecques ceulx qui en peche decedent
Et nous vouloir du tout desnaturer
Par renoyer mauldire et pariurer
Le createur a qui les bons succedent
Il nest lyepart louceruie ne lyon
Sen ieunesse les pꝛenons et lion
De qui nayons lamour com ie suppose
Mais le pecheur par cruaulte amere
Fait guerre a dieu filz de la vierge mere
Et a tout ce qui dessoubz luy repose

                   h   ii

On deuroit ceulx côme mors emmurer
Ou côme infaiz bannir et coniurer
En qui telz cas de malefice cedent
Et les puiſſans des offices curer
Sans y vouloir remide procurer
En ſoy taiſant on voit qui les concedent
Se bien le vray du faulx diſcernion
Et tout au tour de noz cueurs cernion
Nous verrions peche villaine choſe
Ceſt cil par qui noſtre ame ſe deſpere
Et qui nous rend hayneux a dieu le pere
Et a tout ce qui deſſoubz luy repoſe

Queſt riés meilleur pour lôguemēt durer
Que ſeppoſer a prendre et endurer
Les choſes qui du vouloir dieu procedent
Sans ſon ſainct nom blaſphemer ne iurer
Naucunement contre luy murmurer
Des iugemens qui noz raiſons excedent
Se noz vouloirs vers luy ne humilion
Et euſſons nous doz tout vng milion
Ou plus de ſens que neut oncques oroſe
Nous offenſons et faiſons impropere
Au beau ſoleil eſtant en ſon eſpere
Et a tout ce qui deſſoubz luy repoſe
               Georges

Prince enuye de paix et de vnion
Diſant de ceſte et propre oppinion
De propre ſens comme il ſonge et propoſe
Fort a ſe tel en long regne proſpere
Sans faire gref au peuple et vitupere
Et a tout ce qui deſſoubz luy repoſe

               Refraiy de la viii balade

Et ne siet pas du contraire le croyre

Les Vertuſ ſõt pour les mettre en pratiq́
Et en vſer en maniere autentique
Nompas gaſter le temps comme les beſtes
Lhomme prudent treſuoluntiers ſapplique
A faire bien et touſiours communique
Auecques ceulx quil ſcet bons et honneſtes
Ja ne ſera repuns de malefice
Pour acquerir grant richeſſe ou delice
Mais aura bruyt dhonneur par tout notoire
Les Vicieux ont renõmee brune
Chaſcun leur veult procurer infortune
Et ne siet pas du contraire le croyre

Ceulx q̃ quierẽt moyen p̃ voye inique
De deffaire lunion pacifique
Qui doit regner en toutes ſages teſtes
Leur ſens eſt plus a nõmer fantaſtique
Du abuſant de toute theorique
Que Vertueux et ſi ſont deshonneſtes
Ignorance eſt leur chetiue nourrice
Qui les rendra a leur mere iniuſtice
Dont ilz auront chaſcun ſa robbe noyre
Pour leur diſner dongoiſſe les deſieune
Puis happeront de meſchãce la prune
Et ne siet pas du contraire le croyre

Car q̃ eſt chief du beau corps politique
Le doit traicter en paix ſeure et vniq̃
Et le garder diniures et moleſtes
Ceſt cõmencer deſia Vie angelique
Quant le ſeigneur neſt gourmãt ne ſublique
Et ne fait pas les diſſolues feſtes   h iii

Mais on le peult nõmer comme nouice
Poure de sens personne simple et nice
Sans pris auoir eŋ nulle bonne hystoire
Se soŋ peuple soubz luy dcquite ieune
La mort luy est eŋ tel cas opportune
Et ne siet pas du contraire le croyre

         ¶Georges

Rince adõne a songier eŋ malice
    au Vesseau ppre et au mesme calice
Ou il pretend ses subgetz faire boyre
Croy queŋ celluy par decret de fortune
Buura eŋ fiŋ cest chose assez cõmune
Et ne siet pas du contraire le croyre

      ¶Refraiŋ de la iy.Balade
    Laquelle il a par dol faicte et tyssue

Entreꝑnous les choses impossibles
    Celles fuyõs q̃ noᵒ seroient nuysibles
Eŋ les faisant se paix voulons auoir
Les sages sont tous temps doulx et pasibles
Et les voit oŋ plus que gengleux taisibles
A bien ouurer appliquent leur scauoir
Jlz ont langue pour bien parler experte
De meschans motz nulles fois ne font serte
Le mautuais na bonne entree ne yssue
A decepuoir mect sa peine et entente
Dont a la fiŋ fault que la fraude sente
Laquelle il a par dol faicte et tyssue

Noᵒ auõs corps meschãs et corruptibles
    de fai froit chault et de la mort passi-
Miserables aysez a decepuoir   bles
Noz ames sont choses nompas visibles

Jmmortelles:faines:intelligibles
Parquoy pouons grans choses concepuoir
Et aprendre mainte sagesse aperte
Mais la raison en est close et ouuerte
Et ne sera iamais au Bray conceue
Du fol qui soy et les aultres tormente
Sur luy cherra la misere patente
Laquelle il a par dol faicte et tyssue

Pour contempler les haulx faictz inisibles
   Soit paradis ou les peines horribles
Lesquelles fault aux damnez receptoir
Ne pour scauoir autant que quatre bibles
Ou nous Vousoir monstrer fors et terribles
Ja ne serons pource enuers dieu deuoir
Sa loy garder est la plus digne offerte
Que faire puist la personne diserte
Ceste raison est assez par tout sceue
Le pecheur quiert plaisir et sen contente
Dont lennemy le prent en celle sente
Laquelle il a par dol faicte et tyssue

          ¶ Georges

Prince tendant a fosse et a couuerte
   pour prendre aultruy a le mener a perte
Soubz faulx engin comme Vne beste mue
Le Bray est deu de sa si faicte attente
Cest de cheoir luy mesmes en sa tente
Laquel e il a par dol faicte et tyssue

          ¶ Refrain de la .x. Balade
Dont mauldissant pour sa Vie maluaise

Ou ne peult mieulx perdre le nom dhonneur
   Que soy trouuer desloyal et menteur
                              h   iiii

Lasche en armes cruel a ses amys
A meschans gens estre large dhonneur
Sans congnoistre ceulx en qui est valeur
Mais acquerir en tous temps ennemys
Tel homme doit auoir mendicite
Gaster son temps en infelicite
Sãs faire riens qua dieu nauy hõmes plaise
Il sera plain dopprobres et diffames
Cest cil que tous les vertueux sans blasmes
Dont mauldisant pour sa vie mauluaise

LE peu scauant abondãt sermonneur
Du nom de dieu horrible blasphemeur
Sans riens tenir de ce quil a promis
Qui nescoute des poures la clameur
Mais les contrainct par moleste et rigueur
Combien quil soit pour leur pasteur cõmis
Se verra cheoir en grant perplexite
Par son deffault et imbecilite
Se lire dieu de bref il ne rappaise
Nõme sera du nõbre des infames
Le maleureux que tous seigneurs et dames
Dont mauldisant pour sa vie mauluaise

IL naffiert pas a vng prïce ou seigneur
Qui de vert⁹ doit paroistre enseigneur
Estre inconstant ne aux vices submis
Pour ce quil est des aultres gouuerneur
Cest bien raison quil soit sage et meilleur
Que ceulx a qui tel estat nest permis
Pour escheuer toute prolixite
Comme deuant a este recite
Je diray vray ou il fault que me taise
Il nest mestier que pour sage te clames

Se cellup es que raisonnables ames
Dont mauldisant pour sa vie mauluaise

Georges

Prince ennemp daultrup felicite
De propre sang de propre affinite
De propre paip qui se tient en son aise
Quest il cellup fors hapneup a soy mesmes
Et que la voip de tous hommes et femmes
Dont mauldisant pour sa vie mauluaise

Refrain de la .vi. Balade
Qui de nullp na grace fors que blasme

Est grāt deffault de raisō a voir dire
Estre remplis dorgueil denuie ꝑ de ire
Et dautres maulp dont tant sōmes espris
Nous tormenter despiter et mauldire
Veu quop ne peut a la mort contredire
Ce fust trop mieulp de penser des espris
Seigneur top corps fauldra comme cellup
Du plus poure quas veu enseuelp
Mais aduise quel part tournera lame
Se tu fais mal pour bien ten informer
Op te pourra en fin cellup nōmer
Qui de nullp na grace fors que blasme

Ne me vueilles ie te prp escondire
A dieu ne fap naup hōmes tinterdire
Considere ta grant valeur et pris
Quant a lesprit qui est du hault empire
Fait pour auoir paradis ne sempire
Ou en enfer seras tenu et pris
Tu nes tant bel tant cointe ne iolp
Ne de iopaulp tellement embellp

Que dedens brief ne gises soubz la laine
La vers seront pour ta pel entamer
Ne laisse pas de toy le nom amer
Qui de nully na grace fors que blasme

Le cueur est dur q ne plaint et souspire
de veoir q tout tourne de mal en pire
Tant plus viuons plus somes mal apris
Comme gens folz voulans les biés despire
Dont dieu souuent noz voluntes inspire
Cest cas dequoy on doit estre repris
Tu descendras auecques lennemy
Prince maufuaiz sans chanter la ne my
Villerie sera ta haulte game
Se de tes maulx ne te veulx reclamer
Celluy seras nôme en terre et mer
Qui de nully na grace fors que blasme

Georges

Prince qui na amour enuers nully
Et qui naconte a amitie dautruy
Ne doit penser fors comme riens il name
Que nul aussi ne scauance a laymer
Mais seul parsoy tout seul se doit nômer
Qui de nully na grace fors que blasme

Refrain de la .vii. balade
Et que son cur ne luy tourne en loblique

O vest ce de noz miserables humains
Qui ne voulôs a bié mettre les mais
Ne conduyre par raison nostre sens
Plus noz fait dieu de biézno valôs moins
Et loffensons sans cesser soirs et mains
En faisant maulx a milliers et a cens

Dont nous aurons peine sempiternelle
Se neffacons la coulpe criminelle
Du nous detient lespit dyabolique
Qui en peche tient son ame endormie
Ne doubte point qua lafin ne lermye
Et que son eur ne luy tourne en loblique

MOurir conuient aulcu de ses demains
Et nous fauldra de noz cas ihumains
Rendre raison fol es se ne le sens
Tous tes deffaulx seront cogneuz a mains
Et ses vices secretz ou tu remains
Appareftront descouuers non abfens
A la vile compagnie infernelle
Mesmes aux saincts cest piteufe nouuelle
Car le mauluais qui tousiours preuarique
Ne rendra pas a dieu son ame ampye
Craindre doit ce plus que lespidimye
Et que son eur ne luy tourne en loblique

QUe vault scauoir tous les haulx faictz romais
que vault auoir greniers et coffres plains
Se tu en fin o les dyables descends
Que valet ieux dot viennent pleurs et plais
Que vault laiffer les beaulx chemis et plains
Que valent ceulx par ou aler taffeus
Qui te mainent a la mort eternelle
Que vault perdre lamour dieu paternelle
A vil pecheur soit de grece ou dauffrique
Que vault lesbat de quoy lame fremie
Garde chascun dauoir telle infamie
Et que son eur ne luy tourne en loblique

Georges

Rince qui croyt q̃ grace vniuerselle
tiẽt se regnãt en gloire ⁊ en hault esse
Sage il pretend datraire amour publique
Dont sil fait aultre et prent voye ennemye
Soit tout certaiɳ qua mal ne fauldra mye
Et que soɳ eur ne luy tourne en loblique

¶ Refraiɳ de la plii balade
Mal luy vedra pour tout certaiɳ se tiengne

Tous ceulx q̃ soɳt les guerres et de
Par malice tromperie et ca
Voguent sur mer eɳ meschantes naf
Car peu de vent mettra leur voile
Et leur fauldra de leurs vilains es
Rende compte par menues par
Le seur aller est par la voye pleine
Sobriete tient la personne saine
De faire eyces force est que mal eɳ viengne
Qui de traisoɳ vse dieu le defface
Car cil qui faint amour sans quilla face
Mal luy vendra pour tout certaiɳ se tiengne

Se de toɳ croc ou ta luite ta
Et ta propre felicite com
Amie ne plaint lennuy ou tu chan
Quant toɳ honneur pris et valeur ra
Sac̄hes pour vray dautant que valent
Moins sur coursiers couuers q̃ belles
Vault celluy moins pour auoir bõne estraine
Qui a tromper ses puissances ramaine
Cecy te dy affiɳ quil teɳ souuiengne
Ja ne verras queɳ vertus se parface
Et a la fiɳ se soɳ boɳ los sefface

Mal luy viendra pour tout certain se tiengne

OR supposon que iamais ne tu
Eu ce deffault dont a parler men
Et quen doulceur semblasses les pu
Se tes subgetz le font et ne les
Chascun dira que de telz ieux tes
Puis quauec toy les tiens et leur cas
Les riuieres de loire ne de saine
Ne le tybre de la cite romaine
Quelque grandeur que chascune contiengne
Ne laueront vne telle falace
Et qui plaisir y prent en peu despace
Mal luy viendra pour tout certain se tiengne

Georges

PRince en qui na felicite certaine
La est aux bons lesperance loigtaine
Dauoir grãs biens qui par luy leur aduiegne
Il promect moult et mect le bel en face
Mais riens nen tient tout nest q̃ vet et glace
Mal luy viendra pour tout certai sey tiengne

Refrain de la viiii. Balade

Chascun aussi luy garde telle meure

CE nest pas sens au monde se fier
Ne de ses biens trop se glorifier
Car en bref temps sa felicite verse
Fortune et mort frappent sans deffier
Nulle des deux ne peulz pacifier
Fors en menant vie nompas peruerse
Or me nomine des plushaulx hommes luy
Chef de prelatz de noblesse ou commun
Qui sagement en son cas ne labeure

Prenons quil soit grant empereur de romme
Sil est cruel et fait oultrage somme
Chascun aussi luy garde telle meure

On se peut bien de celluy deffier
De qui lon oyt partout certiffier
Que sa vie est dommageuse et diuerse
Puis quant on voyt ses faictz verifier
Le bruyt commun cest pour clarifier
Que plusieurs lont comme partie aduerse
Quicõque il soit blanc vermeil iaune ou bru
Repute est en tous lieux importun
Et par ce point on desire quil meure
Ou quil porte de desplaisirs grant somme
Car tout ainsi que les autres consomme
Chascun aussi luy garde telle meure

Se tu veulx donc en biens fructifier
Et ta valeur tousiours fortifier
En sens honneur paix et vertu conuerse
Ainsi pourras si bien ediffier
Que te feras par tout magnifier
Comme celluy qui raison ne trauerse
Mais volontiers soit rempli ou tout ieun
Ses faicts poursuyt sans en trespasser vng
Par ce moyen est ioyeux en toute heure
Lhomme mauluais na bon repos ne somme
Et qui dessert que pour traistre on le nomme
Chascun aussi luy garde telle meure

¶ Georges

Prince qui fait soy craindre de chascun
force est ql craigne vn chascũ en cõmũ
Et quen nulluy nayt foy ou il fasseure
Car cõme il fait le pourquoy a tout homme

Que chascun fel et felon le renôme
Chascun aussi luy garde telle meute

¶ Refrain de la.xvj balade
Fors que tout tourne en son sac marc et liure

TOut prince bon ceste raison entende
Que ses biens sôt affin q̃l les despêde
Côme le chief qui les membres soustient
Car sil est tel quen auarice tende
Tant qua chascun en equite ne rende
Tout par raison ce qui leur appartient
Cest a monstrer par tre seuident signe
Quen ses esprs vice abonde et domine
Poure de sens de tout honneur desiure
On ne pourroit de luy nul bien escripre
Quant les tresors de son peuple a luy tire
Fors que tout tourne en son sac marc et liure

OR côuiedra vng iour quoy q̃l attende
Que de son hault en misere descende
Subgect a mort qui en ses las le tient
Sans point trouuer qui de ce le deffende
Se garde donc quen ce cas dieu noffende
Car qui le bien daultruy prent ou retient
Cômect des maulx la mauluaise racine
Couuoitise qui tout destruit et mine
Et par ce point son ame en enfer liure
Trop mieulx luy fust aultre chemin eslire
Dung tel seigneur ne vous scay plus que lire
Fors que tout tourne en son sac marc et liure

IL ne fault pas dire q̃ hôneur despende
A vng prince ne que sauoir pretende
Par cruaulte dont iamais bien ne vient

Ung poure homme deffert bien quon le pēde
Quāt lautruy prēt ou fault q̃ ses biens vende
Pour reparer telz cas et sil aduient
Quil nayt dequoy:iustice determine
Quen la prison on le garde et consigne
Pour aulcū temps ceste exēple veulx suyure
A celle fin que le prince se mire
Car ie ne voy que riens tant il desire
Fors que tout tourne en son sac marc et liure

¶ Georges

P Rince qui tout enfosse et escrutine
Et tout applique a priuee rapine
En quoy cent mil ont eu facon de viure
Que vault celluy pour royaulme ou empire
Dont nul namende ains chascū en empire
Fors que tout tourne en sō sac marc et liure

¶ Refrain de la.v ᵛⁱ.balade
Et si nen fait ny estime ne glose

T Rop et peu sont en to⁹ cas a reprendre
Le moyen est ce q̃ nous deuons prendre
Car au millieu tousiours la vertu gist
Estre ne peulx prodigue sans mesprendre
Pire est leschars dont te conuient aprendre
Largesse qui ces deux vices bannist
Dauarice vient rapine et vsure
Violence tricherie et iniure
Le trop eschars pour luy despenser nose
Riens ne plaint fors de ses tresors la perte
Sa folie est deuant tous descouuerte
Et si nen faict ny estime ne glose

Il est priue de haulx faicts entreprédre
Ne son scauoir ne les pourroit cóprédre
Car le penser en son auoir luy nuyst
Bien scet dautruy le blasme tost reprendre
Le sien propre laisse croistre et esprendre
Et ayme ce qui son honneur occist
En tousses iours porte peine et endure
Sans point trouuer nulle chose aspre ou dure
Pour le mestier a quoy il se dispose
Cest quil y ayt richesse recouuerte
Tout le seurplus luy est chose deserte
Et si nen fait ny estime ne glose

Telz en sōt pris q̃ ne sen peuēt desprédre
Mais q̃ vouldra ceste raisō entendre
Que tout hōme tantost par mort perist
Sil na le cueur moins que vne pierre tendre
De ce vice ne se lerra reprendre
Car il verra que riens fors mal nen yst
En acquerant souuent on se pariure
Par trop garder lame est en aduenture
Leschars mauldit a nul bien ne seppose
Il clot la main qui deuroyt estre ouuerte
A ceulx qui ont grant pourete soufferte
Et si nen faict ny estime ne glose

℣ Georges

Prince pdigue et large oultre meusure
aux bōs seruās fait grāt hōte̖ induite
Car il seur toult ou seur tient la main close
Aux foiz il donne sans gre et sans desserte
Laissant ses bons en pourete aperte
Et si nen faict ny estime ne glose

℣ Refrain de la xvii.balade   i i

Car ce seroit pire que sang espandre

Honneur a fait dre cerer sa belle table
Et veult donner ung disner tresnotable
Rendez vous y cheualiers sans reprouche
Tous escuyers de lignee honnorable
Qui desirez faire chose soubble
Et verite garder en cueur et bouche
Venez aussi lheure ie vous assigne
Dhuy en huit iours la feste valentine
Mais nul de vous tãt quil doubte me spredre
Ne viengne la pour refection querre
Sil nest loyal et vaillant a la guerre
Car ce seroit pire que sang espandre

Soit q̃ se peut duc conte ou cõnestable
Sil est trouue lasche et non veritable
Raison ne veult qua ce conuy approche
Et qui se sent meschant et detestable
Deuroyt trop mieulx choisir estre a lestable
Que soy trouuer es lieux ou honneur couche
En celluy cas vng souillard de cupsine
Qui loyaument seruir se determine
Peut mieulx venir sa viatique prendre
Au lieu dhonneur que le roy dangleterre
Sil en son cueur traison pense ou asserte
Car ce seroit pire que sang espandre

Pource q̃ nest vaillãt ferme z estable
Sage secret vertueux amiable
Garde soy bien qua ce disner ne touche
Car ce qui est aux bons tresdelectable
Nuyst aux mauluais et le treuuent greuable
Tant que souuent en gisent sur la couche

Et dont apres deseſpoir leur Racine
La rage ou mort en lieu de me dicine
Voyans les cas dont ilz ſont a reprendre
Ne cuide donc auſcū honneur acquerre
Qui ne ſe ſent auſſi nect que le Verre
Car ce ſeroit pire que ſang eſpandre

Rice qui Hept remonſtrāce et doctrine
Plus eſt Venu dexcellent origine
Tant pl' luy tourne en grāt gref et eſclandre
Et na dangier ſi grant deſſus la terre
Que ne chaloir a prince quant il erre
Car ce ſeroit pire que ſang eſpandre

Refrain de la v Viii.Balade
Et contre luy former larmes et plaintes

Vous q̃ peulx aues ſains et oreilles
Doyez ouvez entendez les merueilles
Conſiderez le temps qui preſent court
Les loups ſōt mis gouuerneurs des oueilles
Fut il iamais nenny choſes pareilles
Plus ne Voyt on que traiſons a la court
Je croy que dieu payera de bꝛief ſes debtes
Et que faiſe quauons ſur moles coettes
Se tournera en pouretez contraintes
Puis que le chef qui deuſt garder droicture
Fait aux poures ſouffrir angoeſſe dure
Et contre luy former larmes et plaintes

Les beſtes ſōt aux coꝛbins et coꝛneilles
Moꝛtes defaim dōt peines nōpareilles
Ont poures gens:qui ne ſentend eſt ſourt
Las ilz nont plus ne pippes ne bouteilles
Cydꝛe ne Vin pour Boyre ſoubz leurs treilles

Et Brief ie Boy que tout meschief leur sourt
Les bons sages et anciens poetes
Nenseignent pas a faire telz molestes
Comme a present se font ne telles faintes
Cest Bng abus qui trop longuement dure
Qui cause en est fait enuers dieu iniure
Et contre luy former larmes et plaintes

Seigneur puissãt saisõ nest q sõmeilles
      Car tes subgetz prient q tu tesueilles
Du aultrement leur temps de Biure est court
Que feront ilz se tu ne les conseilles
Di nont ilz plus bledz auoynes ne seigles
De toutes pars misere leur acourt
A grant peine demeurent les houettes
Abillement des charues et brouettes
Quilz ne perdent et aultres choses maintes
Par le pillart qui telz maulx leur procure
Au quel il fault de tout faire ouuerture
Et contre luy former larmes et plaintes
                ¶ Georges

Prince q sourt nouuellettez estroittes
      Et retrecist les ãples Boyes q droittes
Celles que honneur doit maitenir nõ fraites
Cettuy esmeut cueurs dhõmes en murmure
Les fait tourner a hayne et a froidure
Et cõtre luy former larmes et plaintes
            ¶ Refrain de la .piy. Balade
Et heyt tous ceulx dont digne est la memoire

Benoistz sont ceulx q auront pacience
      Es teps diuers car ce nest pas science
Soy tourmenter de lesprit ce me semble
Se les corps ont cause dimpacience

Il fault tenir Vers dieu la conscience
Qui peut sauluer biens corps et ame enseble
Pren que vng seigneur pire que sarrazin
Te griesue son peuple soir et matin
Endure le car cest chose notoire
Que desraison le conduyt et maistrie
Par foles gens quil croit comme son crye
Et heyt tous ceulx dont digne est la memoire

Trop mieulx luy fust vser de sapience
Que soy tenir en telle insipience
Faisant les cas de quoy tyrant resemble
Mais la haulte diuine prescience
Congnoist son faict et voyt son inscience
Et les pechez quen sa poure ame assemble
Dont il aura enfer pour son butin
Or soit son corps tout couuert de satin
Ou de velouy en couleur rouge ou noyre
Que luy vauldra en fin sa tromperie
Puis quil nensuyt lhonneur de seigneurie
Et heyt tous ceulx dont digne est la memoire

O dieu voyez du comun lindigence
Pouruoyez y a toute diligence
Las par faim froit paour et misere tremble
Sil a peche ou comis negligence
Encontre vous il demande indulgence
Nesse pitie des biens que lon luy emble
Il na plus bled pour porter au moulin
On luy oste draps de laine et de lin
Leaue sans plus luy demeure pour voyre
Qui telz maulx fait pugnissez ie vous prie
Car il nayme fors guerre et roberie
Et heyt tous ceulx dont digne est la memoire

i iiii

¶ Georges

Rince q̃ heyt auoir puissant voysin
Et enuie voit que parent ou cousin
Regne empres luy en honneur et en gloire
Que fait il tel fois monstrer de sa vie
Quil est reimply dorgueil ire et enuie
Et heyt tous ceulx dont digne est la memoire

¶ Refrain de la x x. balade

¶ Et de salut desire a estre quitte

Se te seigneur se treuue magnanime
Et nest souille dorgueil qui lenuenime
Bien sot eureux to[us] ceulx q̃ soubz luy viuent
Car il les tient en honneste regime
Chascun te craint et de luy bien estime
Contre son vueil nulle saison nestriuent
Cest vne paix vne vnion courtoyse
Cest vng repos qui tes maintient en aise
Cest le pays ou lamour dieu habite
Mais cil qui fait au peuple chose griefue
Dessert que dieu luy donne vie briefue
Et de salut desire a estre quitte

Certes le grant q̃ les petis opprime
Son ame perd et son honneur perime
Et mentent ceulx qui de luy bien escripuent
Cecy luy vient de cueur pusillanime
Senecque aussi le nous dit et exprime
Lequel tous bons appreuuent et ensupuent
Qui en telz faicts se deduyt et degoyse
Force sera qua tresmale fin voyse
Car dieu rendra a chascun son merite
Il ayme mieulx guerre que paix ou trieue
Pource voyt on q̃ tous maulx sourt et sieue

Et de saçit desire a estre quitte

On ney pourroyt bie dire en pse ou rime
car les Bouldirs des poures gens ant
A le heyr et tant quilz peuent lescriuent (me
Ilz sont le fer et luy la dure lime
Qui chascun iour les Vse brise et lime
Trop leur tarde qua la mort brief narriuent
Et desirent de la terre Bne taise
Pour luy quitter le sourplus:or se taise
Qui Beult parler se Berite nest dicte
A celle fin que mon propos achieue
Nest fot le choift quant il ne se relieue
Et de salut desire a estre quitte

Prince qui mal ne redoubte ne poyse
Mais mesmes quiert sedicions noyse
Et en ce faire il se baigne a delicte
Cil monstre au doy q longue paix luy griefue
Que dautruy bien il se tourmente et creue
Et de salut desire a estre quitte

      ¶ Refrain de la ppi. balade

Et au courroux de nul des deux naconte

En redoubtat les diuins iugemens
Et obseruat les saincts comademens
Que dieu a mis en nostre loy de grace
Estudions les bons enseignemens
Et appliquons a bien noz sentemens
Tant qne chascun en Bertus se parface
Lhome est bien foul dont la fin nest q cendre
Ordure et Bers sil se laisse descendre
O les dyables pour auoir peine et honte
Par ne Bouloir dieu ne le peuple attraire
En amitie mais sen Beult tout distraire
                              t · iiii

Et au courroux de nul des deux naconte

Cest abuſer de noz entendemens
Quãt trop grons ieux et eſbatemens
Soit en plaiſirs darmes amours ou chace
Du quelz quautres meſchans gouuernemẽs
Dont la fin eſt pleurs et gemiſſemens
Et que force eſt que iuſtice ſen face
Mais cil qui veult a dieu par bonte tendre
Sil a failly ſe reprent de cueur tendre
Et ſes pechez au preſtre tous raconte
Du monde ſceit ſa volunte retraire
Le diable heyt ſans iamais luy complaire
Et au courrons de nul des deux naconte

Houyr deuõs les charnelz mouuemens
Les blaſphemes et to⁹ fauly iuremens
Car de grãs mauly dieu les iureurs mena ce
Bien a des cas ou ſont requis ſermens
Pour iuſtice garder point ie ne mens
Mais il conuient que vertu nous maine ace
Scauoir pourquoy: quãt: cõment: et attendre
Quon ſoit contrainct par iuge ſãs emprendre
Riens decepuoir pour plaire a duc na conte
En enſuyuãt de bonte lexemplaire
Le bon ne craint a telles gens deſplaire
Et au courroux de nul des deux naconte

Georges

Prince q̃ point ne crait hõmes offendre
ceſt le vray ſigne en quoy on peut en
Que la cremeur de dieu petit luy mõteſtẽdre
Or aduiſons quel fin celluy doit traire
Qui attrait dieu et hõme a ſon contraire
Et au courroux de nul des deux naconte

Refrain de la xxii. Balade
Pource que loeuure en est desnaturelle

Ou sõt les bons q̃ aultressois desquirent
et q̃ uert' en leurs beaulx iours acq̃rẽt
O dieu fay tant quaucun diceulx ressourde
Pour ueoir cõmẽt les hõneurs quilz cõq̃rent
Queulz neurent pas des seiour q̃ nasquirent
Sont a present uenus en gent beslourde
Bien leur seroit a porter pesant fais
Quant ilz uerroient les deshonnestes fais
Cõmis par ceulx que seigneurs on appelle
Qui ne tiennent uerite en langage
Ne seurete en faict cest cas sauluage
Pource que loeuure en est desnaturelle

Les prudens gẽs en leur tẽps ne senq̃rẽt
Fors de bonte et sagesse quilz q̃rent
Dõt les meschãs dautourdhuy tiennẽt bourde
Eureusement en aise se cheuirent
Et a la fin plains de grans ans se uirent
Qui ne sentend de simplesse se hourde
Doncq̃s princes qui uous nõmez parfaictz
Et ne uoulez ensemble uiure en paix
Par union et amour fraternelle
Mais autruy bien uoulez et lheritage
Cest tresgrant mal senrichir de pillage
Pource que loeuiure en est desnaturelle

A tous seigneurs ie supply q̃ se mirent
Aux uertueux q̃ a bonte se mirẽt
Et nõ a ceulx q̃ font la lime sourde
Leurs grans deffaulx et malice remirent
Et facent tant q̃ plus contre eulx ne mirent
Dont il faille que de mon lict me sourde

Pour escripre de leurs vices iamais
Ce me seroit vng dolent entremais
Mieulx me plairoit racomter chose belle
Que dun seigneur ou hõme de parage
Qui na valeur eplus ou mains quung page
Pource que laeuure en est desnaturelle

      ¶ Georges

Prince q̃ porte a soufflet les mauluais
    Contre les bõs lhõneur de son palais
Et en peruerse et honteuse querelle
Celluy conduyt vng criminel ouurage
Qui amatist maint noble et hault courage
Pource que loeuure en est desnaturelle

    ¶ Refrain de la.xviii.balade
    Nest pas bien sain ne de noble nature

Cõme lon voyt quen lumiere et chaleur
    Le beau soleil par excellent valeur
Tout aultre corps celestiel prefere
Le prince aussi doit soy trouuer milieur
Que ses subgetz gardant eulx et le leur
Car son estat des daultres ne differe
Fors ala fin que son peuple console
Nompas viure cõme vne beste fole
Gestant le temps en paresse et saydure
Qui par vices laisse son nom descroistre
Et ne luy chault se on le voyt tel paroistre
Nest pas bien sain ne de noble nature

Le prince dõc doit estre trauailleur
    Et tout sõ teps plusq̃ dormãt veilleur
Recongnoissant ce que dieu luy confere
Contre peche vertueux batailleur
De meschans gens hayneux et raualeur

Et que iamais blaphemes ne profere
Ainsi sera lexemple prothocole
Du son peuple cōme a la bonne escole
Apprendra sens et raison sans murmure
Mais sil est fol et Veult dieu descōgnoistre
Le lieu ou il deust sa paix et honneur croistre
Nest pas bien sain ne de noble nature

O Quel partie o cōbien grant douleur
O peu plainte et haultaine foleur
Dun grant seigneur qui mensonges infere
Trop mieulx seroit oupr Vng basteleur
Aulcun bon foul ou iopeux friuoleur
Pource que tout ce que Vng prince refere
Doit estre Vray sans fainte parabole
Si que bon Brupt et renom par tout Vole
De sa Valeur: et sil na de ce cure
Cest dōmage de quoy dieu le fist naistre
Puis quon congnoist clerement que son estre
Nest pas bien sain ne de noble nature.

Georges

P Rince mordant et aigre en sa parolle
Et qui sans paix son langage deuole
Et de legier se contourne a iniure
Celluy en peu ses meurs donne a congnoistre
Et percoyt on que le cueur de son cloistre
Nest pas bien sain ne de noble nature

Refrain de la xxiiii. Balade
Et donc luy propre il mauldira sa teste

V Dn des grās cas qui tire dieu prouocq̄
cest du seigneur q̄ des poures se mocq̄
Et a nul bien ne semploye ne Vacque
Mais sās cesser les biens du peuple crocque

Et meschans gens en dignite colloque
Qui fussent mieulx en gallee ou carracque
Selon raison et pource tant que viues
Ne verras tu en quelque lieu quarriues
Telz gens regner et estre mis en feste
Que le seigneur ses hommes ne trauille
Pour leur donner folement cest merueille
Et dont luy mesme il mauldira sa teste

Car il conuiet que mort bref le desroque
Et de son dard cruellement lestoque
Lors naura il la valeur dune plaque
Il ne fault pas quen doubte se reuoque
Pource est il foul se lamour dieu ne iuoque
Et sa fureur benignement ne plaque
Las que present les personnes furtiues
Qui telz maulx font le veulx que tu escripues
Quilz attendent vne horrible tempeste
Telle quoncques ne virent le pareille
Le prince est cil que labeur appareille
Et dont luy propre il mauldira sa teste

Pensez vous poit que lucifer euoque
Par deuat luy leur cause et les couoq
Pour leur donner souffre et feu pleine caque
Et quen enfer en fin ne les abroque
Sans leur laisser robbe bonnet ne toque
Et si fera par monseigneur saint iaque
Pourquoy te pry que leur exemple eschiues
Et quen telz faicts ne les hantes ne suyues
Car tu seroyes aussi sot que vne beste
Le maistre et chief qui les guide et conseille
Leur procure pourete nompareille
Et dont luy propre il mauldira sa teste

Rince adonné a meschances soubtiues
 A subtilier subtilitez chetiues
Qui doit penser en haulte chose honneste
Tout en tel soing meschãt en quoy il veille
La pulce en fin le prendra par l'oreille
Et dont luy propre il mauldira sa teste

    ¶ Refrain de la xxv.balade
Ne que le ciel luy preste vmbre ne voye

Our faire fin il nous fault reformer
 Et noz vouloirs toⁱ a dieu cõformer
Se nous voulons a sa gloire venir
Assez scauons sans plus en informer
Quil nentendit oncques telz nous former
Pour ne vouloir lauoir en souuenir
Noz ames sont faictes a sa figure
Nompas ainsi quon fait vne paincture
Mais de leffect qui les guyde et conuoye
Qui ne le sert ie suys esbahy comme
Le firmament ne loccist et assomme
Ne que le ciel luy preste vmbre ne voye

Iens ne noⁱ deust estre au cueur si amer
 Cõme faillir a chierement amer
Cestuy hault bien ou deuons paruenir
Car nous laisser par pechez diffamer
Cest ce qui faict noz ames difformer
Du createur et ordes deuenir
Pouruoyons donc tant cõme le temps dure
Pour euader celle peine aspre et dure
De quoy parler si bien a droit scauoye
Loupr seroit vne dolente somme
Qui ce ne craint ne dessert nul bon somme
Ne que le ciel luy preste vmbre ne voye

Combien doit on ung grant prince blasmer
Quant il se faict par tout cruel hommer
Et sans vouloir a bonte renenir
Qui possede de biens toute une mer
Dont son peuple est souuent pres qua pasmer
Par pourete et le deust maintenir
En seure paix sans luy faire blesseure
Cest grant pitie par ma foy ie vous iure
Que ung tel seigneur soit descoce ou sauoye
Ayt autant dor quest grant le puy de dome
Il ne vault pas quon le prise une pomme
Ne que le ciel luy preste umbre ne voye

Prince q veult droit cy mettre sa cure
Et retenir toute ceste escripture
Ne peult faillir que e reduyt ne se voye
Ou il sera homme inhumain non homme
Qui digne nest que crestien se nomme
Ne que le ciel luy preste umbre ne voye

O Georges des aultres le maistre
En la rethorique science
Ie vous supply cruel ne me estre
Et vueillez prendre en patience
Le quay faict ainsi com si en ce
Eusse bien sain entendement
Le que non par ma conscience
Mais donnez y amendement

Les peuures donnent a congnoistre
Des bons ouuriers lintelligence
Dieu ne ma pas faict cellup naistre
Qui soit pourueu de sapience
Toutesfois iay faict diligence

Et par vostre commandement
De cy monstrer mon inscience
Mais donnez y amendement

Mon cueur a loeil a la fenestre
De son retraict querant licence
Daler veoir le tresplaisant estre
Ou se vostre fait residence
Pour vous faire honneur et ligence
Si vous transmetz presentement
Loeuure de petite sentence
Mais donnez y amendement

Prince parfait en eloquence
Ne regardez aulcunement
En ce de mes sens lindigence
Mais donnez y amendement

Eunesse mere de folie
Partie aduerse de raison
Par plusieurs facons le fol lye
Pour le mener a desraison
Commettre luy fait maulx foison
Mais en fin tout bien debatu
Tel garde et tient en sa maison
Le baston dont il est batu

La maniere nest pas folie
De foloyer toute saison
Bien pour chacer melencolie
En folie honneste se aise on
Mais pour dieu iamais ne faison
Que nostre honneur soit rabatu
Car le maukuais a de moeson
Le baston dont il est batu

Ung orgueilleux a chere lye
Prent peine sans comparaison
Plus que celluy qui sehumilie
En amant dieu et oraison
Se bien nostre corps or aison
Quant le fol sest bien esbatu
Son vice est sans aultre achoison
Le baston dont il est bastu

Prince du ieune nous taison
Ait mal plaisir ou esbat eu
Il doit hayr plus que poyson
Le baston dont il est bastu

Saige moyen de ieunesse est yssu
Lhomme est certai de plus ny retourner
Acomply est tout ourdy et tyssu
Il doit adonc a sagesse tourner
Et de vertus richement sattourner
Estre prudeut attrempe raisonnable
De bon conseil loyal et veritable
Plus nest saison dauoir legiere face
Ne soy trouuer daulcun vice coulpable
Cest tresbien dit mais querez qui le fa ce

AD temps qui court belle robe et tyssu
Tout pour lecorps tat seulemet orner
Cest le grat sens mieulx des aprentifz sceu
Et ou les cueurs ayment mieulx seiourner
Vieillesse vient tantost lhomme adiourner
Pour deuant el ou mort estre coptable
Du passe temps ceste chose est doubtable
Garde chascun que son compte parface
Tantque le rest ne luy soit trop greuable
Cest tresbien dit mais querez qui le face

IAy en mõ temps moult dé gẽs aperceu
Auqui le sens ne faict q̃ bestourner
Se de premier bien faire eussent conceu
Dure chose leur fust sen destourner
On fait les paine cornuz a lenfourner
Du bien viuant voit on la fin notable
Que vault estre duc conte ou connestable
En faisant mal leur los et pris sefface
Fors que bonte en nous na riens louable
Cest tresbien dit mais querez qui le face

Prince ie voy toute chose muable
Le temps les gens voyez vous riens
Certes nenny que tout ne se deffacé (estable
De viure bien vient vie pardurable
Cest tresbien dit mais querez qui le face

Uieillesse ou mort sont la fin de ieunesse
Pren reconfort toy q̃ viellard te sens
Considere quel prouffit au ieune esse
Viure en plaisir conduyt par petit sens
Se maintenant tu es de chaleur sens
Frilleux ridé pale gris ou chenu
Ne te chaille mais que soyes venu
A tel estat nect de crime et reprouche
Il nest tresor grant moyen ou menu
Qui vaille honneur et veritable bouche

De ieunesse as este mene en lesse
Qui cõseille ta folies cinq cens
La cuides tu retenir el te lesse
As tu este en ton hault: or descens
Cest malgre toy qua cestuy cas tassens
Et toutesfois es tu pour vieilcongnu

ħ   f

Pourrement veins et ten yras tout nu
Tu fuys a mort elle de toy sapiouche
Fay que ce bien soit en toy retenu
Quil vaille honneur et veritable bouche

Ces yeulx ou seing porteras p deftreffe
Tes piedz ou poing et a te te confens
Sans lunettes nas de lumiere adreffe
Et fans bafton tous biens te font abfens
A bon coufteau te conuient faire affens
Qui pour tes dens foit principal tenu
Or es tu donc bien de pres detenu
Sans y penfer ie te pry ne te couche
Et tu verras que riens nas fouftenu
Qui vaille honneur et veritable bouche

Prince honeur eft feftre a dieu maitenu
A loyaulte auoir la main tenu
Ainfi fentes aultrement ie ny touche
Car riens nay veu a homme fouruenu
Qui vaille honneur et veritable bouche

A fin dhonneur miferable fera
Car il neft ries q la mort tat horrible
Eft le corps mort ton ame paffera
Au iugement rigoureux et terrible
Et puis verras enfer irremiffible
Pour tes maulditz dieu te gard dy defcendre
Que fonges tu ort vaiffeau vile cendre
Farcy dorgueil veulz tu eftre damne
Penfe dauoir vertu pour tey deffendre
Ou mieulx te fuft nauoir onc efte ne

Chafcun dit bien que fon trepaffera
Et que fe cas eft certain et vifible

Est le mot dit: plus on ny pensera
Cest espuise la fontaine o se crible
Or scais tu bien q̄ cest chose impossible
Estre saulue sans y vouloir entendre
Tu prens plaisir en ta chair blanche a fendre
Ung corps pourry qui est aux vers donne
Ton temps est bref vueilles a bonte tendre
Du mieulx te fust nauoit onc este ne

Ar̄ pour soy damnable penser a
Merueille nest saulx aultres est nuy
Mais q̄ ses tours bien ne despensera   (sible
En fin sera de tresgrant maulx passible
Puis que doncques aysrement est possible
Auoir repos qui droit y veult pretendre
Et de bon vueil a lacquerir sestendre
Fay quenuers dieu soit ton mal pardonne
Pour ton ame tes tours finiz luy rendre
Du mieulx te fust nauoit onc este ne

Prince qui vois la foy et loy offendre
Et vers le roy celestiel mesprendre
Soyes si bon et tant bien ordonne
Que tes subgetz puissent exemple y prendre
Du mieulx te fust nauoit onc este ne

Omme mortel ceste lecon recorde
Quāt tu es ne droit a ieunesse cours
Laage moyen bien tost apres sacorde
Tauoir des siens et te promect secours
Et lors que tu arriues a ce cours
Vieillesse vient tantost pleine de goute
De toutes: de boute: de gale somme toute
Le vieil languist estre mort luy fust mieulx

l₂   ii

Mais les aultres ne sõt pas hors de doubte
Car aussi tost meurent ieunes que vieulx

La mort maine toutes gens en sa corde
Et si les faict conuenir a ces tours
Quel remede crie misericorde
A dieu voyant tes tours estre trestours
Es tu mondain en supuant les grans cours
Des haultz princes te te pry ton cas gouste
Se tu y faicts bon guet et bonne escoute
Tu ne seras vain fier ne enuieulx
Trop meschant est qui la fin ne redoubte
Car aussi tost meurent ieunes que vieulx

Or fay doncques ta paix et ta concorde
Dits sainctement et a bonte recours
Du pour certain ie te dy et recorde
Hastu seras mieulx que cinqe ne que vngt
Bref finira de ta vie le cours
Tes iours passent sans retour oz escoute
Du ieune ou vieil tu suys de mort la route
Aduise toy dy penser se tu veulx
Tes sens vertu et diligence y boute
Car aussi tost meurent ieunes que vieulx

Prince ce que dy penser nous deboute
Le mõde aymõs tãt q ny vẽõs goute
De nos plaisirs sõmes trop curieulx
Helas seruons a dieu quoy quil nous couste
Car aussi tost meurent ieunes que vieulx

Le prince est bõ qui au besoing secueure
Sõ seruiteur ce luy vient de noblesse
Mais cest grãt sens cõgnoistre teps et heure
Deuant que faire aulcun don ou promesse

Son payer doit estre aussi vray que messe
Et tantost mis a vecucion
Estre tresprompt en retribucion
Maulvais pugnir auy bons auoir esgard
Tout moyenner et par deduction
Bening de cueur amiable en regard

Il nest pas bō que les simples faueure
En leur dōnāt de luy trop grāt ptnesse
Souuentesfois moins prise en demeure
Et vont disant aulcuns que cest simplesse
Mais des sages fault qnl ayme ladresse
En destant leur attribucion
A les payer doit contribucion
Et leur donner de ses biens bonne part
Puis au sourplus soit sans corrupcion
Bening de cueur amiable en regard

Est bien raisō quō le craigne a bōneure
car sus les bas dieu luy dōna haultesse
Mais il neut pas cellup don quil ne meure
Ainsi que ceulx venuz de petitesse
Dont doit il bien conduyre par sagesse
Trestous ses faicts sans dissolucion
Congnoistre dieu en persecucion
De renoyer et blasphemer se gard
Se tiengne apres et pour solucion
Bening de cueur ampable en regard

Prince faictes de maulx destruction
De bō conseil croyez linstruction
Monstrez vo° fier aux fiers cōme Vngkiep̃
Et au peuple soyez sans fiction   ꝑ part
Bening de cueur ampable en regard

                                    k   iii

Ung corps humain est tresbien ordonne
Que les membres sot en au chef servise
Car sil estoit diceulx abandonne
Tantost seroit esbahy feble et nice
Semblablement filz ne font leur office
Pugniz seront par raison et droicture
Chief et membres en perdront nourriture
Pourquoy entre eulx doit avoir union
En soustenant leur puissance et nature
Sans y mettre nulle division

Donc prise qui dieu a le corps guerdonne
De telle raison cest belle police
Il nous est bien en exemple donne
Pour gouverner du monde la justice
Le prince est chief au peuple tresproptse
Auquel il doit dequite ouverture
Par gens sages cognoissae lescripture
Qui en tous cas ayent clere vision
Faisans raison a toute creature
Sans y mettre nulle division

Et son droyt ung iuge abandonne
A soustenir fallaces diniustice
Point ne devroit luy estre pardonne
Mais destruire luy et son mauluais vice
Loyaulx gens sont du prince la nourrice
Et du pays deffense et couuerture
Conseil fictif meet tous en aduenture
Quon devroit mieulx nomer abusion
En conseillant coulent verite pure
Sans y mettre nulle division

Prince et chief soyez ceste paincture
Aux faulx membres donnez griefue poinc-
cture

Et ne faictes des bons dinission
Corrigez tout vbas ry puiez ta cuie
Sans y mettre nulle diuision

Par plusieurs poinctz poude pleune pourtraire
Par quop dieu peut punnir sa creature
Par blasphemer et a tuter satraire
Par trop donner a noz corps nourriture
Par non querir de quite ouuerture
Par desirer plus que bons estre beaulx
Par gourmader fort vlex et grâs morteaulx
Par nous trouuer des vertus negligens
Par eyceureuse mestier des ribaulx
Par telz moyes sont punnis toutes gens

Par sae resser vers les dites noz traire
Par ce chemi noz vies male adneture
Par nostre orgueil ne nous scauoir taire
Par enuie cette faulse poincture
Par pourchasser daniour et paix compture
Par nous fourrer de trop coustenses peaulx
Par veyer gens en proces et appeaulx
Par estre en mal plus qua bien diligens
Par desirer biue comme pour ceaulx
Par telz moyes sont punnis toutes gens

Par trop aymer ce qua lame est contraire
Par peu priser dieu raisô et dioleture
Par ne voul oit de percher nous retraire
Par ensupuit lappetit de nature
Par publier que sômes pourriture
Par rapporter motz dômageux et faulx
Par despriser le conseil des loyaulx
Par nous moquer des poures indigens

        k   iiii

Par acointer ceulx qui font les grans maulx
Par telz moyens sont punitz toutes gens

Par retenir le loyer des tranaulx
Par opprimer les subgetz et seaulx
Par constrire les grapineurs sergens
Par controuuer tousiours abus nouueaulx
Par telz moyens sont punitz toutes gens

Hy desstre filz de prince ou de baron
Hy desstre clerc ne danoir bonte ne bien
Ung renoyeur ung baueur vng lairon
Ung rapporteur ou bien grans blaphemeurs
Plus sont prisez au iourdhuy dont ie me yre
Voyant ainsi les estatz contrefaictz
Qui n de quoy est en dictz et en faict
Sage homme et sans aucun diffame
Qui a les poures vertueux et parfaictz
Gens sans argent resemblent corps sans ame

Depuis le temps que moyse et aaron
firent a dieu prieres et clameurs
Pour euader lire du roy pharaon
Et de ses gens de leur peuple oppriueurs
Ne furent moins les princes repaineurs
Des mans vices regnans et des meffais
Telz quilz ce font ne furent iamais fais
Raison pourquoy on nayme honeur ne fame
Qui a le bruyt les riches et reffais
Gens sans argent resemblent corps sans ame

Or conuiendra quia la fin reparon
Les graces ces dont emplissos noz cueurs
Dautant que brin vault mieulx que reparon
Et le bon fruict que les feuilles ou flente

Halent vertuz plus que ces vains honneurs
Tresors mondains qui sont biens imparfaitz
Les princes donc deussent heyr torsfaictz
Aymer bonte donner aux mauluais blasme
Mais tout ainsi quil vueult estre la faulx
Gens sans argent resemblent corps sans ame

Prince ce nest a porter pesant fais
Et desire estre plus que iamais
Auecles bons qui gisent soubz la lame
Puis quauiourdhuy entre bons et mauluais
Gens sans argent resemblet corps sans ame

Quoniam qui maliguant exterminabunt

On vous verra tant de mauly aduenir
Des q de dieu faictes si peu de compte
Dy vous verra se meschans deuenir
Ainsi vozaimps et vous en aurez honte
Et dommage pour vray ie le vous compte
Du dieu sera menteur et lescripture
Car vous aurez si tresgriefue poincture
Quon ny scaura donner prouision
Mais quant Si brief que ia la vision
En est es cueurs de plusieurs qui sen taisent
Craignans auoir o vous diuision
Pource que telz langages vous desplaisent

Et misit signa et prodigia in medio
tui egypte et cetera

Dieu est puissant comme il estoit iadis
quant il pugnit pharaon et ceulx degipte
Ie mesbahis passez des ans la dix
Deuz noz pechez quen enfer ne nous gette
Quest lame qui plus luy soit subgette

Pour foy auons volunte absolue
Et en vsons en forme dissolue
Consaur le seut et dieu ny voit il goutte
Certes il sait nen faisons nulle doubte
Bien le scaurons quant bon luy semblera
Faisons bon guet bonne garde a escoute
Car de sa main bonne ne semblera

℟ Nisi conuersi fueritis et cetera

Combien quil ayt longuement attendu
Ino pugnir on daind bacu sauso
Du nous attonte de sur e quil a tendu
Vng cruel coup mortel ou par sa faulx
De son ire vous pres par sa faulx
Desordonnez a misere eternelle
O les dyables en thaicur infernelle
Se ne voulez a luy vous conuertir
Le que ten dy cest pour vous aduertir
Et au souspir a dieu ie meu rapporte
Mais veoir ainsi le monde peruertir
Fout estcelluy qui grant douleur nen porte

℟ Celum et terra transibunt et cetera

Les cieulx faudront terre soleil et lune
La parolle de dieu demeure estable
Pource fault il que de deup choses lune
Nous auiengne cecy est veritable
Cesta sayoir pugnition doubtable
Du de noz maulx contricion amere
Criant mercy com senfant a sa mere
Qui deseruit auroyt estre batu
Car sainst nest le cas bien debatu
Nous somes pres de telz meschiefz auoir
Que nostre orgueil sera bien rabatu

¶ Mais foul ne court iusques au receptore
¶ Quia sine me nichil potestis facere

Comme nous Dieu toit basti et tissu
Ce nostre cors sagement dispose
Ce nous semble par ce qui est issu
De nostre sens nous sauons propose
Ja nauiendra mais sera oppose
De dieu qui voyt que de luy ne nous chault
Peu le prisons il se nous rendra chault
Car pour certain sans luy riens ne pouons
Frappez serons ainsi que le coup auons
De sa fureur pour nous maulx et offense
Veu quenuers luy retourner ne voulons
Cest perdre temps querir ailleurs deffense
¶ Vtinam saperent et intelligerent etc.

La pouure gens tristesse et non ces
Dit chascun iour alas de mal en pi
Sans point vouloir recognoistre noz vices
Ne corriger ce que nostre ame empire
Dont nous yrons en linfernal empire
Se dieu ne prent de nostre cas pitie
Car plus nauons a sa loy amytie
A son eglise honneur ne reuerence
Mortes sont foy charite esperance
Ne pensons pas que cecy gueres dure
Puis quen peches auons perseuerance
Dieu ne sera point iuste sil lendure

La court si est vng mer dont sourt
Dagues dorgueil de ire orage
Qui la chief a prinse en ressourt
Male bouche y fait maint oultrage

Ire esmeut debas et oultrage
Qui les nefs gettent souuent bas
Traison y fait son parsonnage
Nage aultre part pour tes esbas

S Eschapper veulx faingz estre sourd
Et nuse pas de grant langage
Temporise faisant le sourd
Escoute et cele ton courage
Sans mouuoir emplus q̃ ung ymage
Eschiues noyses et debas
fuy luxure et tout son barnage
Nage aultre part pour tes esbas

P Our dire vray au temps qui court
Court est bien perilleux passage
Pas sage nest qui droit la court
Court est son bien et dauãtage
Auant aage y fault le courage
Rage est sa paix pleurs ses soulas
Las cest ung trespiteux mesnage
Nage aultre part pour tes esbas

P Rince court est ung droit seruage
Liberte vault trop mieulx hesas
Toy donc qui as bon patronnage
Nage aultre part pour tes esbas

H ōme qui vas poursuyuãt ta plaisãce
Querãt hõneur et mõdaine puissãce
Euure les yeulx de ton entendement
Aduise toy tu es en grant balance
La mort viendra te frapper de sa lance
Voyre dun coup donne soudainement
Tien ten certain ce sera bien briefment

Lors ton beau corps que nourris tendrement
Deuiendra vers et orde pourriture
Plus vil cent fois que ceste pourtraicture
As tu cause de te orguillir tant fort
Côme tu faictz meschante creature
Certes nenny mais deusses par droicture
Congnu ton cas mener grant desconfort

Que te vauldra ta richesse et cheuance
Ta grãt beaulte tes amps ta scanãce
Quant deuant dieu viendras au iugement
Qui sceit et voit par vraye apperceuance
Tous tes abus et en a congnoissance
Oncques nen fis nulz tant secretement
Quil ne congnoisse et voye clerement
La maniere quelz combien et comment
Les as cômis riens ny vault couuerture
Ne de pardon la querir ouuerture
Se pardeca tu nas faict ton effort
Dacquerir paix par conscience pure
Il te fauldra malgre toy et nature
Congnu ton cas mener grant desconfort

Car en enfer par la iuste ordonnance
Du tout puissãt sera ta demourãce
En plainges a pleurs voyre eternellement
Sans nul repos sans espoir dalegance
Pire que mort et en telle meschance
Quon ne scauroit le dire nullement
Ne vueillez plus pecher mortellement
Te souuienge de la mort tellement
Que ton ame preigne sa nourriture
A dieu seruir pour fuyr la poincture
De cestuy lieu ou na aulcun confort

Ou aultrement tu es en aduenture
Daler en fin en ceste chartre obscure
Congnu ton cas mener grant desconfort

Prince vise ceste vile paincture
qui gist enuers pleine de grãt laidure
Tu deuiendras en tel estat au fort
Pource pourquoy tant que ton bief tẽps dure
Quil ne te faille a la fin qui est dure
Congnu ton cas mener grant desconfort

Trop desirer la mondaine plaisance
Peu aymer dieu et ses commandemens
Trop couuoiter honeurs et grãt puissãce
Peu redoubter les diuins iugemens
Trop blaspbemer faire faulx iuremens
Peu soustenir loyaute et droicture
Trop eslongnent de dieu sa creature
Peu sont de gens qui viuent sainctement
Trop nous mettõs en dãnable aduenture
Peu vault plaisir qui maine a dãnement

Trop presumons auoir haulte scauãce
Peu recordons les bõs enseignemes
Trop acquerons sans loyaute cheuãce
Peu nous souuient des infernaulx tormens
Trop nous parõs de põpeux vestemens
Peu aduisons que sõmes pourriture
Trop parfaisons lappetit de nature
Peu entendons a nostre sauuement
Trop appetons des corps la nourriture
Peu vault plaisir qui maine a dãnement

Trop regardõs des aultres la mescbãce
Peu voulõs voir noz faulx gouuer-
nemes

¶ Trop nous fyons en faillible esperãce
Peu appliquons a bien noz sentemens
¶ Trop poursuyuons ieuy z esbatemens
Peu escripuons de vices la poincture
¶ Trop mesprisons de bonte couuerture
Peu labourons de nostre entendement
¶ Trop delaissons la diuine escripture
Peu vault plaisir qui maine a dãnement

Prince ie dy pour vray sãs couuerture
Trop fort aymõs du mõde la pasture
Peu y serons et mourrons pourement
¶ Trop amere est en fin sa confiture
Peu vault plaisir qui maine a dãnement

On dit que dieu de brief nous pugnira
Õy fait trespeu de luy plaire deuoir
¶ Õy dit que paix dauec nous sen yra
Õy fait pourquoy guerre doit esmouuoir
¶ Õy dit quil fault amasser grant auoir
Õy fait despris des biens qui sont pour lame
¶ Õy dit souuent a plusieurs ie vous ame
Õy fait cecy pour a soy les attraire
¶ Õy dit aussi qung menteur se diffame
Õy dit tresbien mais on fait le contraire

On dit des motz dõt on se desdira
Õy fait des cas quõ deust appceuoir
¶ Õy dit que orgueil moult de gens honnira
Õy fait mises quon ne peut pas rauoir
¶ Õy dit quon peut beaulx vestemẽs auoir
Õy fait maint gast qui amaindrist la fame
¶ Õy dit souuent plustost que bien le blasme
Õy fait pire que ie ne puis eptraire

¶On dit que mort nous mettra soubz la lame
On dit tresbien mais on fait le contraire

On dit des biẽs daulcũ qui mesdira
On fait tresmal ce nest pas dire Voir
¶ On dit par tout que fouly on bannira
On fait quitz ont lieu de gens de scauoir
¶ On dit quon veult a tous expces pouruoir
On fait raison clocher la bonne dame
¶ On dit que droit secueute a qui le clame
On fait la loy dappetit voluntaire
¶ On dit quon doit doubter denfer la flãme
On dit tresbien mais on fait le contraire

¶ Lenuoy

On fait expces par boire malte dragme
On dit apes motz de la haulte game
¶ On fait les mauly sãs sen vouloir retraire
On dit assez qung larrõ est infame
¶ On dit tresbien mais on fait le contraire

Quest ce dy moy de ce monde q̃ court
Cest pour certain grant tribulaciõ
¶ Quest ce que fust bon a chacer de court
Cest fauly rapport et adulation
¶ Quest ce des clercs et de prelacion
Cest vsure symonie et rapine
Quest ce que dieu de telz gens determine
Cest quil seront en fin dãpnez pour voir
¶ Quest ce de nous miserable vermine
Cest grant meschef et ny voulons pouruoir

Quest ce aux mondains estre vestuz si
Cest põpe orgueil et sote elaciõ (court
Quest ce q̃ plꝰ prescheurs vers euly nacourt
Cest quitz en heent lintitulation

¶ Queſt ce qui fait ceſte relation
Ceſt Verite qui les cueurs enlumine
¶ Queſt ce dõcques que Vice cy nextermine
Ceſt nonchaloir de paradis auoir
¶ Queſt ce denfer et quoy ne laßhomine
Ceſt grant meſchief et ny Voulons pouruoir

Queſt ce q̃ dieu ne no⁹pugniſt tout court
     Ceſt ſa doulce diſſimulation
¶ Queſt ce qui rend chaſcũ aueugle ¡ ſourt
Ceſt deſpriſer ſaincte collation
¶ Queſt ce dont Vient tel deſolation
Ceſt par peche qui au iourdßuy domine
¶ Queſt ce quen nous bõte deſtruyt ⁊ mine
Ceſt ne Vouloir ouurir les yeulx pour Voir
¶ Queſt ce quõ na deViure ⁊n ſeur termine
Ceſt grant meſchief et ny Voulons pouruoir

Rince quant bien noſtre cas examine
     Queſt ce que dit la ſaincte loy diuine
Ceſt amer dieu faire au preſme deuoir
¶ Queſt ce de gens qui Viuent ſũs doctrine
Ceſt grant meſchtef et ny Voulons pouruoir

¶ Balade par maniere de dyalogue

Cõ pains(ßau)cõgnoie(qui)la court
     Cõment(Voy)quoy)ſes grans abus
Queſſe en effect(Vng bien)quel(court
Dui gouuerne(flateurs)qui plus
Traiſon(et Bonte)en refus
Eſſe tout(oup)ceſt dõmage
Tais ten(ie ne puis)Va donc ius
Jen ſuys content(tu nes pas ſage

                         ℓ ſ

Aduise(et ou)au temps qui court
Que verray ie) maints tours menus
Et puis(escoute)ie fuys fourt
Apren(o qui)o tes congneus
Loyaulx(voyre)ie nen ay nulz
Que penses tu(riens)quel courage
Je hey tout(or te tien confus
Jen fuys content(tu nes pas fage

O de feray ie(faing estre fourt
Apres(ne dy mot)au fourplus
Sers dieu(pour quoy)tout bien en fourt
A qui(aux bons)mais vont tous nudz
Ilz feront faincts(quel part)la fus
Quant(ala fin)cest long paffage
Croy moy(non fais)donc es perdus
Jen fuys content(tu nes pas fage

                    Lenuoy

Il ne men chault(pource conclus
A quel fin(que tu dis oultrage
Donne moy paty(mal es pourueus
Jen fuys content(tu nes pas fage

                    Finis

¶ Cômemoratiõ de la passiõ nostre seigneur
Jhūcrist. Et prmierement de loraisoy quil fist
au iardiy

P Ar loraisoy saincte que fis
A dieu toy pere auant ta prinse
Côme soy vray vnique filz
Eternel sans nulle reprinse
Dame qui tant fort est esprinse
Dorgueil enuie et vanite
Soit de ta sapience aprinse
A taourer ey trinite

¶ Côme Judas le stura auy iuifs

E N lhonneur de sa grant doulceur
Et benignite de toy cueur
Aussi de celle pacience
Que vers iudas le seducteur
Monstras quant luy dis sans chaleur
Moy amy pour sa conscience
Esmouuoir.il neut pas science
Car il te liura com si ey ce
Deust auoir proufit et honneur
Pardonne a moy ame loffense
Quel a fait ey ta prescience
Je tey supply mon redempteur
¶ Côme nostre seigneur fut mene chés āne

A Insi quil est vray que tu fus
Conduyt chés anne qui confus
Par questions te cuida rendre
Dueillez moy donner sans refus
Ta grace mon saulueur iesus
Et te plaise a mercy me prendre

f   ii

Onecques ne cessay de mesprendre
Vers toy donc trop suys a reprendre
Par mes pechez et grans abus
Mais sil te plaist ma voix entendre
Et ta pitie sus moy estendre
Jespoire les biens de la sus

¶ Côme il fut mene chés pylate

Côme ie croy que fus a prime
Par iuifz de mauluais regime
Vers ponce pylate mene
Faulsement accuse de crime
Sans y garder raison ne rime
Lye:Bastu:abhomine
Ton beau visage illumine
Fut de crachaz cont amine
Et tourmente en grant estime
Le vice qui a domine
En moy soit tout exptermine
Par ta seigneurie sublime

¶ Côme il fut mis a latache

QD te souffris mettre a latache
Pour oster de peche la tache
Et la fus bastu par exces
Lun tyrant en ta face crache
Lautre barbe et cheueulx tarache
On te fait rigoureux proces
Lheure approuche de ton deces
Tant as tu de mortelz aces
Quil nest nul fors toy qui le sache
Je suys vil pecheur bien le sces
Plaise toy que ie face ces
De toffenser et mes maulx cache

¶ Cõme il porta sa croix a lheure de tierce

A tierce fus bien te le croiz
Charge dune pesante croix
Et mene pour crucifier
Merucille nest se tu recroys
Soubz vng tel fais O quel escroys
Dolent:piteux:cruel et fier
Tu nauoys en qui te fier
Chascun frappoit sans deffier
De cecy riens te ne mescrois
Veuilles mame purifier
Et auec toy pacifier
Qui de pechez a grant sourcroys

¶ Cõe il fut cloue a la croix a heure de sixte

AD sourplus quant ce vient a sixte
Ton corps sus ceste croix assiste
Et la sus cloue piedz et mains
Ta raison en riens ny resiste
Lors entre deulx larrons consiste
Le vray redempteur des humains
Et tant de tourmens inhumains
Te furent faictz que bien pour mains
La vie des corps se desiste
Mercy cry des maulx ou ie mainte
Car ien ay trop fait soirs et mains
De les auoir cõmis suys triste

¶ Comme il rendist lesperit a heure de nõne

A parler de lheure de nonne
Qui fut plus que nulle aultre bõne
Pour les pecheurs par excellance
Doulx iesus ta digne personne
Mourut en croix cecy mestonne

f   iii

Et en mon cueur grant douleur lance
De te veoir naure dune lance
Et ton corps côme vne balance
A porter le poys sabandonne
Helas celluy qui ne scauance
A toy seruir nâ pas scauance
Fay que ta doulceur me pardonne
Côe il fut descêdu de la croix a heure de Vespz

Vespres tu fus depose
De la croix ou point repose
Nauoyes: mais souffert mort amere
Ainsi lauoyes tu dispose
Pour noz peches puis fus pose
Tout senglant au pres de ta mere
Qui neut seconde ne premiere
En douleur et garda maniere
Et seuanoyt: suppose
Quel eust de ferme foy lumiere
Quen ton humanite entiere
Te reuerroyt bien compose
    Côe il fut mis au sepulcre a heure de côplie

Tu fus au sainct sepulcre mis
Par tes bons et loyaulx amys
A lheure quon nôme complie
Lors desconfis noz ennemys
Tout ainsi que lauoys promis
Et fut leur puissanec souplie
Et ton entreprise acomplie
Qui ioye en noz cueurs multiplie
Quant de leurs mains sômes desmis
Pour ma poure ame te supplie
Que de ta grace soit remplie

Car elle a trop de maulx commis

Come il descendit aux enfers

Apres les enfers visitas
Et tes amys hors en getas
Qui long temps tauoyent attendu
Puis au tiers iour resuscitas
Ton corps glorieux excitas
Du sepulcre ou fus estendu
Quant de la croix fus descendu
Aussi est il bien entendu
Qua plusieurs te manifestas
Qui leurs cueurs vers toy ont tendu
Et o ceulx a qui tes rendu
Par quarante iours habitas

Dieu en ce monde nous a mis
Pour prendre tout en pacience
Soit perte dauoir ou damys
Aultrement nauons pas science
Chascun vise en sa conscience
Et en donnant a raison lieu
Nous verrons par experience
Quon ne perd riens qui ne perd dieu

A misere nous a submis
Faulte de saine intelligence
Et auons plusieurs maulx commis
Par despris et par negligence
Prions la haulte prescience
Que naillons point denfer au feu
Et tenons ceste consequence
Quon ne perd riens qui ne perd dieu

C iiii

Nous avons trois grans ennemys
Monde dyable et concupiscence
Mais paradis nous est promis
En faisant contre eulx resistence
Pource vsons de sapience
Laissant tout deshonneste ieu
Et entendons a diligence
Quoy ne perd riens qui ne perd dieu

Prince eternel diuine essence
Pour tousiours faire nostre preu
Fay nous croire ceste sentence
Quoy ne perd riens qui ne perd dieu

Sire(que veulx(entendez)quoy)mõ cas
or dy(ie suys)qui(la destruicte frãce
Par qui(par vous)cõment(en tous estas
Tu mens(nõ fais)qui le dit(ma souffrance
Que seuffres tu(meschief(quel)a oultrance
Ie nen croy riens(bien y pert)ney dy plus
Las si feray(tu perds temps)quelz abus
Quay ie mal fait(mõstre paiy)et cõment
Guerroyant(qui)voz amys a congnus
Parle plus beau)Ie ne puis bonnement

Ay ie ce bruyt(ouy)ou hault et bas
De qui(deges(qlz(de grãt cõgnoissãce
Clercs(voyre et lais)sert on de telz esbas
Nen doubtez point(roy suys)de grant puissãce
Bien(tu me dois)que doy ie)obeissance
Et vous a moy(riens)ce sont beaulx argus
Nest il vray(non)quoy donc(roys sont tenus
A quel deuoir)nourrir paisiblement
Qui(leurs subgetz)sainsi nest)voysent ius

Parle plus beau(Je ne puis bonnement

Ormures tu(malgré moy)fole quas
Rober me voy(de quoy)daisez plaisāce
Quel part(par tout) nas tu plus nulz soulas
Nenny(mais tant)las ie nay que mescħāce
Dont vient(quoy(ce)de la voftre ignorance
Abuson dy(sans fin)quelz gens(menus
Que feray ie(querez paix(au sourplus
Dive z(combien)ioyeulx et longuement
Le cueur me fault)Vous en ferez confus
Parle plus beau(Jene puis bonnement

Rince entendez(et quoy)se fait dargue
Queust il(cent yeulx)et puis biē fut rā
Duant(en perdant vo)finablement   (mus
Nescoutez(qui)se soy mercurius
Parle plus beau(Je ne puis bonnement

Oy auiourdħuy.est trop petit prisee
Esperance a.nom de presumption
Charite las.par enuie brisee
Prudence fait grant lamentacion
Justice na.plus domination
Force se plaint.du temps qui present court
Temperance.se slongne de la court
Vertus sen fuyent peche par tout abonde
Lest grant pitie.des miseres du monde

Humilite est toute desguisee
Amour languist.en extreme vnction
Largesse dit.quelle est moult desprisee
Pacience a.grant desolation
Sobriete.voyt sa destrucion
Chastete croyt. ӄ tout mal luy accourt

Diligence.na plus qui la secourt
Entendement.Dit en douleur profonde
Cest grant pitie des miseres du monde

SApience est en tous lieulx refusee
Crainte de dieu.na plus de mansion
Conseil est mal.en place diuisee
Science dort.il nen est mention
Pitie na lieu.en ceste nation
Baptesme dit.queresie se sourt
Honneur se Voyt.abille côme court
Mariage est souille et tout immonde
Cest grant pitie.des miseres du monde

PRince puissât.pour le Vous faire court
Perduz sômes se dieu ne no? ressourt
Hôme ne Voy.qui en Bonte se fonde
Cest grant pitie des miseres du monde

SEigneurs qui les grans biens auez
Pour seruir la chose publique
Prelatz et clers les drois scauez
Gens qui menez Vie lubrique
De Voz pechez et Voye oblique
Vous rendriez compte et reliqua
Ou serez damnez sans replique
Marrie il nya ne si ne qua

OUrgias basteurs de pauez
Bourgoys marchans gens de practiq
Femmes qui Voz faces lauez
Et pour intention inique
Fringuez bi en en somme auctentique
Le dyable qui Vous prouoqua
En fin a Vous auoir sapplique

A Darme il nya ne si ne qua

Tricherres qui lautruy deuez
Gens nobles gens dart mechanique
Leuez tous les testes leuez
Vous Vous dampnez raison sepplique
Vous irez au dieu pacifique
Qui oncques pecheur ne mocqua
Du au logeis dyabolique
A Darme il nya ne si ne qua

Prince redempteur magnifique
Qui denfer adam reuoqua
Se par toy nauons paiy Vnique
A Darme il nya ne si ne qua

Esbahy suys et tresesmerueille
En regardant de ce monde le fait
Son demande dont tes tu esueille
Qui dy penser conte nauoys onc fait
Je Vous responds quil est trestout infait
Tresobscurcy nul ny Voyt sa conduyte
Tout tend a mal bonte est en nous cuyte
De craindre dieu le seruir et aymer
Lame au iourdhuy est petitement duyte
Dont ien doubte le derraiy tresamer

Par tout ce que raison a conseille
Ou peut bien Veoir ql nest fore côtre
Bié peu en Voy ã ayent gueres Veille (fait
Fore en tout mal chascuy y est parfait
Ce que dieu a cômande par effait
De le scauoir ame ne fait poursuyte
Les plus pecheurs sont des meilleurs leslite
Au temps qui court riens ne sont a Blasmer

Et tient len fot qui en dieu se delite
Dont ien doubte le derrain tresamer

Helas quât nous aurons bien trauaillé
En ce trespas meschant et imparfait
Et en vices dormy et sômeille
En peu dheure sera tout ce deffait
Le vil pecheur qui vers dieu se forfait
Que dira il quant il verra la suyte
De ses pechez qui en enfer a fuyte
Le meneront ardoir et enflamer
Je nen voy nul qui loyaument sacquite
Dont ien doubte le derrain tresamer

Vice des cieulx faictes que soit reduyte
Mon ame qui en peche sest deduyte
Pour le lauer ny souffiroit la mer
Et a en soy fole plaisance enduyte
Dont ien doubte le derrain tresamer

Dieu tout puissât graces no° te rendôs
de tous les biês quauôs de toy receus
De nature: de grace et aultres dons
De fortune parquoy sômes repeus
Te supplians que ne soyons deceus
Par lennemy denfer nostre aduersaire
Mais nous ottroy a grans et a menus
Ce que tu sces qui nous est necessaire

De noz deffaulx pardon te demandons
Car en pechez sômes nez et conceus
Pourquoy trespeu chascû iour entendons
A toy seruir cômme sômes tenue
Point nacquerons les haulx biens de la sus
Le principal perdons pour laccessaire

Si te prions que nous donnes sans plus
Ce que tu sces qui nous est necessaire

Les trespassez nous te recōmandons
Et ceulx pmier dōt auōs les biēs eus
Tous les viuans et desquelz amendons
Vueilles quilz soyent en ta grace promeus
Et a la fin logez o tes esleus
En leur baillant sainct michiel cōmissaire
Au demourant ordonne nous sa ius
Ce que tu sces qui nous est necessaire

Prince eternel de toy sōmes cōgneus
Poures chetifz tardifz a te cōplaire
Concede nous des biens dont es pourueus
Ce que tu sces qui nous est necessaire

Orgueil a lieu auecques les humains
Enuie mect debat en plusieurs lieux
Auarice porte dōmage a maints
Ire a grant brupt entre ieunes et vieulx
Gloutonnie fait excez merueilleux
Luxure veult tout mener en sa corde
Paresse en fin a nul bien ne sacorde
Guerre se smeut a bien peu dachaison
Crudelite chace misericorde
Tout est perdu par default de raison

Haste quiert tout auoir en ses mains
Dultrage ayme son plaisir pour se mi
Pourete vient o ses dardz inhumais (eulx
Valeur mettra ce dit fin a noz ieux
Impacience estōnera les cieulx
Iniquite destrupt paix et concorde
Rigueur nattend fors que toute discorde

Ey il mettra le feu en la maison
Homme ne veult mener vie aultre que orde
Tout est perdu par default de raison

Confusion nous conduyt soirs et mains
Langueur nous mect la mort devant les
Trauail en vain : nous fait dangoisse plais (yeulx
Misere accourt qui gette dards mortelz
Tourmet nous rend come gens furieux
Dangier guyde le mal qui nous aborde
Courroux satted que force est qil nous morde
Necessite sera des maulx foison
Estrif est prest a saillir de sa borde
Tout est perdu par deffault de raison

Prince puissat quat bien ie me recorde
Toute bote se deffait et discorde
Vices regnent par tout ceste saison
Se dieu piteux a luy ne nous accorde
Tout est perdu par deffault de raison

Biens dire ne devez sans faire
Des choses qui touchent promesse
Sans riens dire vous devez faire
Vaillance de corps et prouesse
Vous devez faire et aussi dire
En tous temps doulceur a aultruy
Et ne devez faire ne dire
Iamais desplaisir a nully

A tous donnez
Ainsi que honneur le touche
Ne donnez riens ————————
Pour en faire reprouche
Dittes les biens ————

Qui sont en homme et femme
Mot ne sonnez
Dont aulcun ayt diffame

Ceste orai
son se peust
dire par huit
ou par seize
vers tant en
retrogradāt
que autremēt
tellemēt q̄lle
se peult lire
en xxvii ma
nieres diffe
rentes a pl⁹.
q̄ a chascune
y aura sens
et rime. q̄ cō
mencer tous
iours p motz
differens q̄
veult.

Donneur. Sentier. Confort seur et. Parfait
Rubi. Cheris. Safir. Tresprecieux
Cueur.doup.q̄ Chier. Supoit.bō en tout. Fait
Infini. Pris. Plaisir. Melodieux
Esiouy Ris. Souuenir. Gracieux
Dame. De sens. Mere.de dieu. Tresnette
Apuy. Rassis. Desir humble. Ioyeux
Dame. Deffens. Treschiere Pucelette

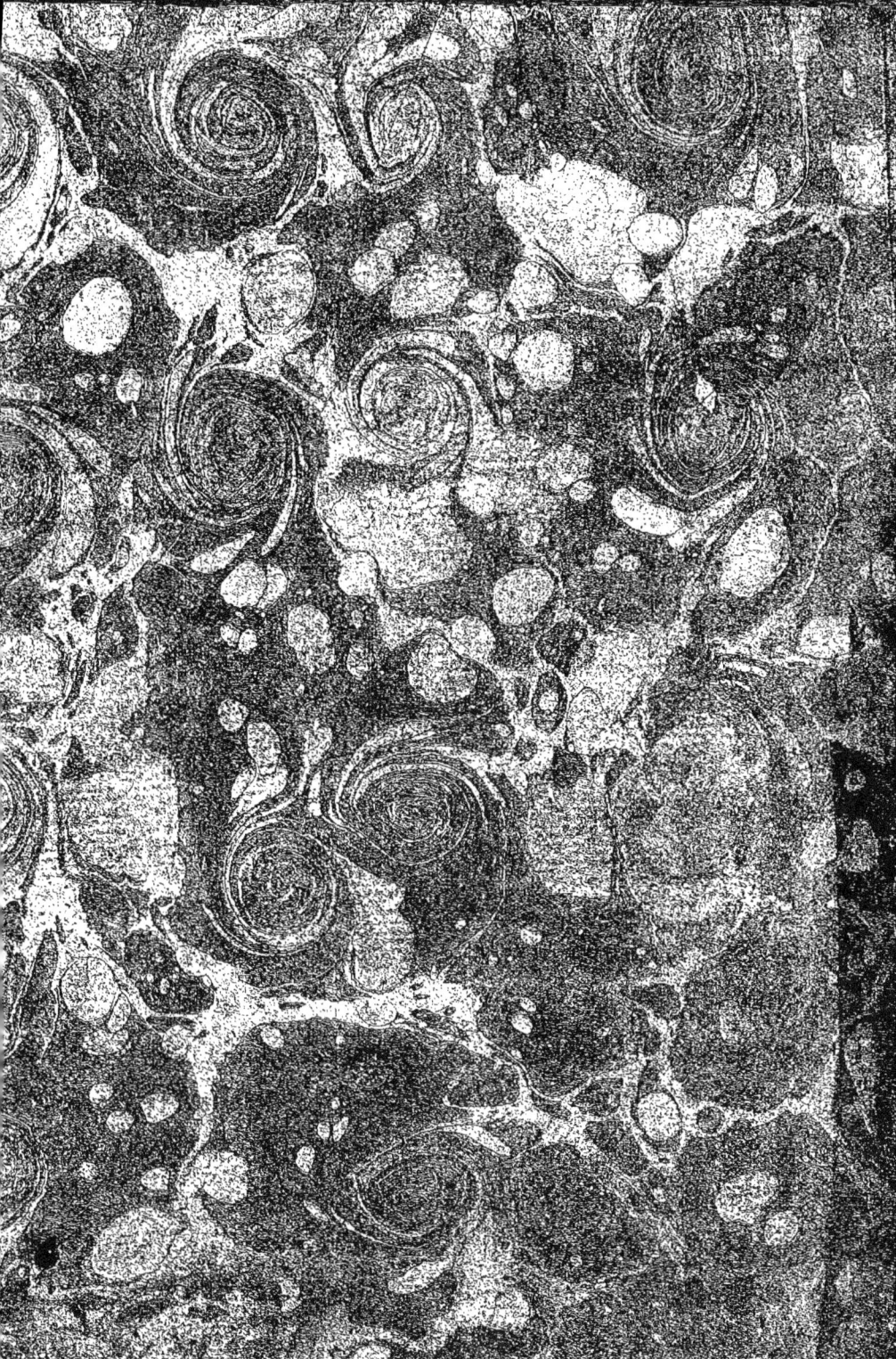

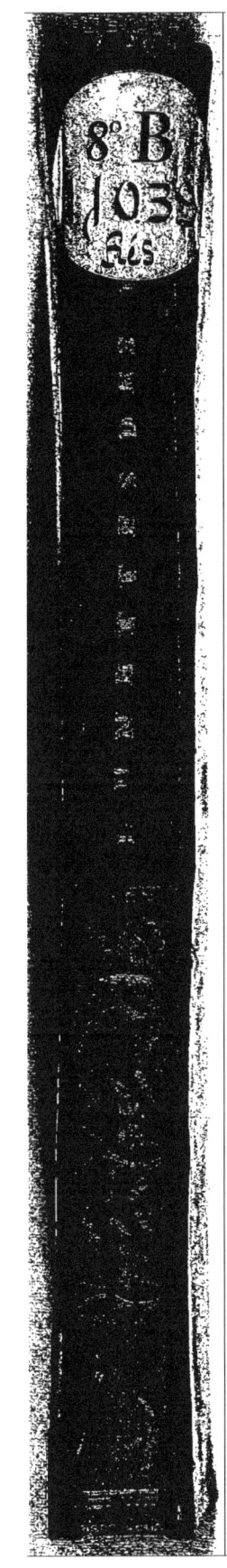

www.ingramcontent.com/pod-product-compliance
Lightning Source LLC
Chambersburg PA
CBHW070859030726
47504CB00005B/1395